Autor _ Maurice Cranston
Título _ Diálogo imaginário
entre Marx e Bakunin

Copyright — Hedra 2011

Tradução© — Plínio Augusto Coêlho

Corpo editorial — Adriano Scatolin,
Alexandre B. de Souza,
Bruno Costa, Caio Gagliardi,
Fábio Mantegari, Felipe C. Pedro,
Iuri Pereira, Jorge Sallum,
Oliver Tolle, Ricardo Musse,
Ricardo Valle

Dados —

Dados Internacionais de Catalogação na Publicação (CIP)

H331 Cranston, Maurice (1920–1993)
Diálogo imaginário entre Marx e Bakunin. /
Maurice Cranston. Tradução de Plínio
Augusto Coêlho. Introdução de Michel
Suárez. – São Paulo: Hedra, 2011. (Estudos
Libertários). 96 p.

ISBN 978-85-7715-250-6

1. Ciência Política. 2. Poder Político.
3. Liberdade. 4. Filosofia. 5. Marx, Karl
(1818–1883). 6. Bakunin, Mikhail
Aleksandrovitch (1814–1876). 7. Diálogo
Político. I. Título. II. Série. III. Coêlho, Plínio
Augusto, Tradutor. IV. Suárez, Michel.

CDU 32
CDD 320.01

Elaborado por Wanda Lucia Schmidt CRB-8-1922

Direitos reservados em língua
portuguesa somente para o Brasil

EDITORA HEDRA LTDA.

Endereço —

R. Fradique Coutinho, 1139 (subsolo)
05416-011 São Paulo SP Brasil

Telefone/Fax — +55 11 3097 8304

E-mail — editora@hedra.com.br

Site — www.hedra.com.br

Foi feito o depósito legal.

Autor _ MAURICE CRANSTON
Título _ DIÁLOGO IMAGINÁRIO
ENTRE MARX E BAKUNIN
Tradução _ PLÍNIO AUGUSTO COÊLHO
Introdução _ MICHEL SUÁREZ
São Paulo _ 2011

Maurice Cranston (1920–1993) foi filósofo, professor e autor inglês. Tornou-se conhecido por sua atuação como professor de Ciência Política na London School of Economics, como professor de Teoria Política no European University Institute (Itália) e pelo conjunto de suas publicações. No contexto da Segunda Guerra Mundial foi objetor de consciência, recusando-se a servir no Exército de seu país e contribuindo com a revista pacifista *Peace News*. Seus maiores trabalhos incluem biografias de Locke, Rousseau, Sartre, entre outros que contribuíram com a "história da liberdade", em sua acepção mais liberal. Contribuiu com diversas publicações na Inglaterra, nos Estados Unidos e escreveu roteiros para a BBC.

Diálogo imaginário entre Marx e Bakunin é um dos roteiros de Cranston escritos para a BBC de Londres, quando, em outubro de 1962, ele imaginou um diálogo entre Marx e Bakunin, conversação que esses dois homens supostamente mantiveram durante o encontro realizado em Londres, em 3 de novembro de 1864. Nessa entrevista, transmitida para milhões de ouvintes, o autor esforçou-se para reconstituir, a partir das teses particulares desenvolvidas pelos dois pensadores em suas obras respectivas, uma controvérsia verossímil, que revela uma erudição extraordinária. Encontram-se, neste pequeno escrito, os dois homens que dominaram sua época no plano social, no áspero debate sobre esse tema eternamente atual: devemos confiar na liberdade? Ou então, ao contrário, a autoridade é indispensável? O texto foi publicado em dezembro de 1962 pela revista londrina *Anarchy* e posteriormente traduzido para vários idiomas e publicado em distintos países.

Plínio Augusto Coêlho é tradutor desde 1984, quando fundou a Novos Tempos Editora, em Brasília, dedicada à publicação de obras libertárias. A partir de 1989, transfere-se para São Paulo, onde cria a Editora Imaginário, mantendo a mesma linha de publicações e traduzindo dezenas de obras. É o maior tradutor e editor das obras de Bakunin em português, incluindo, dentre suas traduções, *Federalismo, socialismo e antiteologismo* (Cortez, 1988), *O princípio do Estado e outros ensaios* (Hedra, 2008) e *Revolução e liberdade: cartas* (Hedra, 2010). É idealizador e cofundador do IEL (Instituto de Estudos Libertários).

Michel Suárez é licenciado em História pela Universidade de Oviedo, da Espanha, e mestrando em História pela Universidade Federal Fluminense (UFF), com pesquisa sobre a obra de Simone Weil.

SUMÁRIO

Introdução, por Michel Suárez 9

DIÁLOGO IMAGINÁRIO ENTRE MARX E BAKUNIN **43**

Apresentação 45

Diálogo imaginário entre Marx e Bakunin 49

INTRODUÇÃO

> Pois solicitar o poder, que é vão e jamais se consegue,
> e sofrer sempre duro trabalho para lográ-lo, é
> empurrar com afinco em direção ao cume do monte
> uma pedra que, ao chegar ao topo, roda abaixo de
> novo e se precipita até parar na planície.
>
> Lucrécio. *De Rerum Natura*, III

NA SEGUNDA METADE do século XIX, as colossais energias liberadas pelo capitalismo industrial tinham mudado a textura do mundo de forma definitiva, e já não admitiam ingênuos paliativos. Estimulado pela cobiça e pela necessidade de novos mercados e novas fontes de energia, o universo europeu das finanças e dos negócios preparava seu assalto militar, econômico e espiritual ao resto do globo, sob a bandeira da civilização, do desenvolvimento material e do progresso. Estreitar as possibilidades do indeterminado, do imprevisto, do não-quantificado, do espontâneo, passou a ser o princípio que guiaria todos os planos da existência que gravitavam em torno da esfera desagregada da economia, ao qual se consagraram todas as energias humanas, fazendo com que, até os imponderáveis, estivessem sujeitos à disciplina.

As bases da Modernidade capitalista já estavam perfeitamente assentadas na segunda metade do século XIX; um tempo de fé beata no progresso ilimitado como motor de um processo global que atingiria todas as esferas de ação humana e que propiciaria um desenvolvimento material e moral de horizontes ilimitados. "O homem, se-

INTRODUÇÃO

gundo os filósofos e os racionalistas, estava se elevando continuamente da lama da superstição, da ignorância, da selvageria, em direção a um mundo que seria cada vez mais educado, humano e racional."[1]

Inopinadamente, o último quartel do século trouxe escuros presságios para os sonhos humanos da potência sem limites. A partir de 1873, o capitalismo entrou em uma espiral autodestrutiva e viu-se imerso numa crise de magníficas dimensões, que só veria a saída do túnel na virada para o século xx. As bolsas entraram em crise, o pânico propagou-se velozmente, as falências sucederam-se, as empresas afundaram, a confiança nos mercados volatilizou-se e a irrestrita fé no capitalismo de livre mercado foi colocada em quarentena.

Mas o que parecia a *débâcle* foi uma simples turbulência que o capitalismo aproveitou para reinventar-se, preservando intactos seus princípios. O liberalismo econômico entrou numa época de reestruturação e de reajustes que passaram fundamentalmente a domar a esfera econômica e submetê-la a fins políticos ditados pelo Estado. O ideário industrial europeu continuou sulcando a trilha aberta pelo progresso; um progresso que, como proclamava o esplêndido *Réquiem* de Fauré, varreria "o mistério dos caminhos do mundo". Suprimidos os mistérios, o capitalismo industrial acelerou o gigantesco desenvolvimento das infraestruturas dos transportes e das comunicações, favorecendo uma concentração crescente dos aparelhos de governo e a emergência de uma burocracia mastodôntica, encarregada de gerir um mundo muito afastado de qualquer escala humana razoável. O avanço do maquinismo industrial não só tinha varrido uma enorme quantidade de saberes e ofícios tradicionais, mas também

[1]MUMFORD, Lewis. *Técnica y civilización*, p. 201.

MICHEL SUÁREZ

havia arrebatado o controle do processo de trabalho das
mãos dos produtores, elevando a fábrica, com seu despotismo sórdido, ao patamar "de empresa vitoriosa porque
era a que melhor se adaptava ao capitalismo".[2]

O capitalismo era muito mais do que um modo de produção; era uma maneira de entender o mundo que pres-
supunha uma aceitação inquestionável de que o homem
era um animal econômico em perpétua luta contra a natureza, uma criatura movida unicamente pelo estímulo da
concorrência com seus congêneres e pela cega cobiça de
ganhos.

Contudo, a forja dessa paisagem do mundo não tinha
sido um caminho sem sobressaltos nem resistências. Ao
contrário; o estagio atingido pelo capitalismo no final do
século XIX era o resultado da dura batalha livrada entre
o capital em permanente busca de lucros crescentes e a
oposição intransigente — em ocasiões, épica — dos trabalhadores organizados. Na sua tentativa de combater as re-
gras do jogo impostas pelo capital, o mundo do trabalho
tinha criado um universo próprio, e foi dessa intensa cria-
tividade que surgiram novas formas organizativas e cone-
xões de pensamento. Porém, em muitos casos, também
havia, firmemente arraigada, uma ambiguidade fatal: a
assunção de que o caminho empreendido pelo industrialismo capitalista continha, apesar de tudo, uma verdade
essencial, embora devesse ser modificado por meio de re-
formas ou revoluções.

Mesmo partindo de pressupostos morais que podiam
ser acentuadamente igualitários na arena política e equita-
tivos na repartição da riqueza, o movimento operário per-
maneceu, em boa medida, vinculado aos alicerces men-
tais e materiais sobre os quais se havia erigido a econo-

---

[2]SOMBART, W. *El apogeo del capitalismo*. Vol. II, p. 256.

INTRODUÇÃO

mia política. O capitalismo era brutal porque abria um abismo entre as classes e explorava sem misericórdia a mão de obra; a apropriação por parte dos trabalhadores dos meios de produção era, por conseguinte, a única via para a supressão desta ordem de coisas, a qual repartia opulência entre poucos e miséria para a imensa maioria.

Os trabalhadores organizados foram presa, salvo exceções, da funesta ilusão de que meios e fins podiam ter uma existência própria, sem coerência interna ou um acurado sentido das proporções. Em outras palavras, bastaria um desencadear das possibilidades libertadoras da tecnologia capitalista. A imensa maioria dos pensadores alinhados com a classe operária também acreditou na possibilidade de mudar o signo da técnica escalando os degraus do poder político e econômico para submetê-la a novos fins. No entanto, desestimou a abjeta obediência que a máquina exigia daqueles que pretendiam controlá-la, e não reparou que essas tirânicas exigências anulavam, nos seus mais básicos fundamentos, qualquer tentativa de construir um mundo mais horizontal e democrático.

Houve também, de maneira contrária, aqueles que intuíram um aspecto pouco amável do progresso e da ciência, acusando-a de dotar de um álibi racional o domínio do homem pelo homem. Para esse segmento dos trabalhadores, a extraordinária capacidade transformadora do homem tinha propiciado "imensos progressos em conhecimentos muito valiosos e uma produtividade muito aproveitável"; no entanto, tinham-se visto, rapidamente, "contrapostos por incrementos igualmente grandes de ostentosos esbanjamentos, hostilidade paranoica, destruição insensata e espantosos desastres de extermínio".[5] Se essas

[5]MUMFORD, Lewis. *El mito de la máquina*, p. 27.

contingências faziam parte da conta a pagar pela humanidade, por seu projeto de conquista da felicidade, entendida essa como abundância material, o socialismo erigido sobre essas bases não seria senão a gestão da crise permanente, do estado de emergência e da miséria moral.

Em grande medida, a história do movimento operário é o conflito entre a adoção do credo produtivista do industrialismo e suas implicações, e a determinação e a tentativa de desembaraçar-se dele. Nesse sentido, as figuras de Marx e Bakunin exemplificam essas duas direções de signo oposto no seio do movimento operário; um movimento que, na segunda metade do século XIX, empreendeu a aventura de unir suas forças num horizonte comum.

Riquíssimo caleidoscópio de ideias e episódios que teceram lentamente seus diferentes modelos organizativos e tendências, o movimento operário europeu procurou um ponto de convergência em 1864, ano de referência em que esses vetores articularam-se em torno de princípios e propostas que pudessem constituir um programa mínimo de acordo. Foi assim que, no Saint Martin's Hall, da cidade de Londres, fundou-se a Associação Internacional de Trabalhadores, que ficaria conhecida como Primeira Internacional. Composta originariamente por sindicalistas britânicos e franceses, e por trabalhadores exilados procedentes de diferentes partes da Europa, a Internacional surgiu como um espaço de união e de solidariedade entre operários de distintas nacionalidades, e como plataforma coletiva para elaborar estratégias de luta e novas linhas de combate contra a opressão do capital.

Porém, além dos objetivos e das conquistas dos trabalhadores agrupados em seu seio, a Internacional passou aos anais da história operária como o marco em que se

INTRODUÇÃO

produziu a fratura decisiva, no congresso de 1872, entre os seguidores das tendências expostas por Karl Marx, o qual estava presente desde a fundação da Internacional, e os seguidores das tendências expostas por Mikhail Bakunin, o qual ingressara em 1868. A aberta rivalidade pessoal e teórica dessas duas figuras — que projetaram uma luz própria e única no universo das lutas dos trabalhadores — acabou, finalmente, por desmembrar a delicada união da Internacional, bifurcando o movimento dos trabalhadores em dois núcleos principais: o marxismo e o anarquismo, tendências distintas do socialismo que evidenciavam diferenças substanciais.

Avaliando a natureza das diferenças que acabaram por distanciar Marx e Bakunin e, em consequência, por implodir a Primeira Internacional, G. D. H. Cole[4] estabeleceu quatro fatores determinantes para a ruptura entre ambos: as lutas pessoais, a disputa em relação ao autoritarismo e à centralização, o "apoliticismo" e a controvertida função do Estado como instrumento de poder operário. Não seria uma audácia, entretanto, agregar outro elemento, capital por suas múltiplas e decisivas implicações, que permeia a obra de Marx e que Bakunin rejeitou com firmeza e sem vacilações: o cientificismo derivado de um evolucionismo progressista, que Marx sempre alimentou e que finalmente levou-o à elaboração de uma crítica do capital, acorrentada às próprias categorias constitutivas do capitalismo, isto é, a racionalidade econômica e a expansão material ilimitada. Examinemos com mais detalhes esses pontos de atrito e seus efeitos.

[4]COLE, G. D. H. *Historia del pensamiento socialista*. Vol. II, pp. 90–131.

MICHEL SUÁREZ

UNIVERSOS PARALELOS, NATUREZAS IRRECONCILIÁVEIS

As divergências entre Marx e Bakunin já se evidenciavam, talvez pela própria ordem natural das coisas, antes mesmo do encontro, e do consequente choque, de seus ideários políticos. Pensador prodigioso, estudioso infatigável, Marx tinha uma inteligência abismal. Possuía um extraordinário talento literário, uma titânica capacidade de trabalho, uma deslumbrante sagacidade, um incisivo senso da ironia, assim como colossais recursos teóricos, elementos que não ocultaram uma considerável presunção, uma indisfarçável tendência ao controle pessoal, ainda que "à sombra", e a constante busca de ocupar o vértice de todos os espaços em que se instalava.

Bakunin, por sua parte, nunca ocultou ter uma "má opinião" do mundo, e nunca perdeu um trem com destino a qualquer barricada. Espírito excessivo, Júpiter desencadeado, Bakunin foi o contrário de um orador nebuloso ou de um polemista moderado: um carisma ambulante capaz de propor brindes "pela destruição da ordem social e o desencadeamento das más paixões", cuja presença era sempre presságio de tormenta. Materialista confesso, não é difícil imaginar com que complacência aceitaria a máxima de Virgilio, de que o espírito move a matéria.

Dois temperamentos excepcionais, Marx era, em seu rigor metódico, lúcido; Bakunin, em sua prodigalidade, luminoso, capaz de irradiar um entusiasmo transbordante a seu redor. Marx pretendia arregimentar e disciplinar as mesmas paixões que Bakunin desejava mobilizar e exasperar. Se a obra de Marx continha uma alta dose de abstração, nem sempre ao alcance dos trabalhadores que pretendia ilustrar, exigindo uma lenta digestão, os

INTRODUÇÃO

textos de Bakunin careciam tanto dessa espessura quanto de propósito sistematizador, mas eram transparentes, rotundos e de um bom-senso notável. Enquanto Marx constituía um para-raios teórico e alimentava ilusões progressistas, Bakunin agitava as tendências desintegradoras e aniquilava toda fantasia cientificista. Cifrava sua ideia de felicidade, em ordem crescente, em dormir, comer, beber, fumar, cultivar a ciência e a arte, o amor e a amizade, e, como supremo ato de felicidade, dava a mais alta importância a morrer combatendo pela liberdade. Incapaz de fugir de alguns insensatos proclamas de seu romântico tempo, como o de entregar a vida num último ato heroico, Bakunin viveu como sentiu, não deixou um embaraçoso território entre a teoria e a prática e acreditou com veemência que não se pode ser revolucionário sem amar, acima de tudo, a vida. Essa divisa nem sempre foi um guia fiável para sua integridade física, e em mais de uma ocasião colocou-o à beira do abismo, fazendo, inclusive, com que flertasse com o cadafalso. De fato, purgou sua determinação com longos anos de presídio e exílio. Nunca se lamentou: sabia bem que optar pela revolução era escolher um ofício infernal.

Apesar do discutível, e até marginal, interesse que possuem os retratos psicológicos nos efeitos históricos, o certo é que os perfis pessoais desses dois poderosos animais políticos vão muito além da mera anedota, posto que seus temperamentos simbolizam com exatidão o conjunto de suas teorias. Suas desavenças, que culminaram na aberta fratura que fez correr rios de tinta, foram registradas pela história como a encarnação da disputa entre duas maneiras de entender a luta e a organização operárias, mas também como formas diferentes de arquitetar a existência, de afirmação perante a vida. É por esse mo-

MICHEL SUÁREZ

tivo que sua disputa transcendeu a época em que foi levada a cabo para se tornar objeto de uma controvérsia atemporal.

Em todo caso, do ponto de vista histórico, Cranston pôde fazer com que Marx e Bakunin compartilhassem a chaleira e trocassem afáveis críticas em 1864, sem demasiadas concessões à literatura, porque, de fato, o encontro aconteceu. Em 3 de novembro de 1864 Bakunin, em Londres, após a epopeia de sua fuga do cativeiro na Sibéria, recebeu a visita de Karl Marx. O próprio Bakunin rememora o clima de forçada cordialidade e de latente desconfiança que reinou naquela ocasião: "Jurou-me [Marx] que nunca tinha feito nem dito nada contra mim, que, pelo contrário, sempre tinha tido por mim uma sincera amizade e um grande apreço. Eu sabia que o que falava não era verdade absolutamente, mas o certo é que não lhe guardava nenhum rancor".[5] As satisfações que ofereceu Marx naquela ocasião tinham o propósito de fechar o turvo assunto da difamação de Bakunin que seu jornal, o *Neue Rheinische Zeitung* de Colônia, tinha propagado em 6 de julho de 1848. Fazendo eco de um boato atribuído a George Sand, o jornal assegurava que Bakunin era, na realidade, um agente russo; afirmação que posteriormente George Sand desmentiria veementemente, qualificado-a de "invento gratuito e odioso". Marx retificou, mas a sombra do receio e do ceticismo nunca deixou de pairar entre ambos. Bakunin sabia bem que teria sido ilusório esperar que Marx lhe tratasse como uma xícara de porcelana, e naquela noite de 1864, lembra o russo, despediram-se "convertidos exteriormente em muito bons amigos, mas eu não lhe devolvi a visita".

---

[5]LEHNING, Arthur. *Conversaciones con Bakunin*, p. 231.

INTRODUÇÃO

Evanescida toda formalidade protocolar, em 1870 Marx não teve maiores escrúpulos em asseverar que Bakunin tinha pagado com deslealdade e traição a generosa ajuda econômica que lhe proporcionara o brilhante exilado russo Alexandre Herzen, acusando-o, biliosamente, de ter-se apossado de parte da herança deste último. Em setembro de 1872, no Congresso de Haia, Bakunin foi expulso da Internacional; 27 votos a favor e 6 contra, em grande medida graças às pressões exercidas por Marx e Engels.

Ficavam para trás os tempos em que Bakunin falava do senhor Marx como o "ilustre chefe do comunismo alemão", e em que Marx confessava a Engels, depois do encontro de 1864, sua íntima satisfação por tê-lo encontrado, 16 anos depois, com ideias muito avançadas. Fazer o bem ao inimigo pode ser obra de justiça, afirmava Borges, mas amá-lo é tarefa de anjos e não de homens. Excluído o amor, posto que o céu estava vazio, Marx, em 1872, deu prova fidedigna de que também não acreditava em determinadas obras de justiça.

INDUSTRIA IMPERATRIX MUNDI.
MARX E A TENTAÇÃO DA TOTALIDADE

Nunca foi um segredo a admiração que Karl Marx professava por Hegel, nem o fato de que sua teoria tivesse na obra hegeliana uma referência de primeira importância. Hegel entendia a História como um contínuo e irrefreável avanço do espírito, vale dizer, da razão, até que, por um jogo de oposições dialéticas, a aparência não se contradissesse com a essência, e a razão inaugurasse seu governo sem obstáculos. O conjunto das circunstancias que compunham a existência podia caminhar com rumo variável,

MICHEL SUÁREZ

mas sem nunca comprometer seu destino, o governo universal da razão. "Essa imensa massa de vontades, interesses e atividades são os instrumentos e os meios dos quais se serve o espírito universal para cumprir seu fim, para elevá-lo à consciência e realizá-lo."[6]

Apesar de alguns lampejos brilhantes,[7] em que consegue desprender-se do lastro iluminista, a obra de Marx está saturada de parágrafos em que a obra de Hegel é perfeitamente perceptível. Por exemplo, nas conhecidas linhas do seu prólogo à *Crítica da economia política*, Marx afirma que "as forças produtivas que se desenvolvem no seio da sociedade burguesa criam ao mesmo tempo as condições materiais para resolver essa contradição. Com esta organização social termina, assim, a pré-história da sociedade humana."[8] Em outras palavras, Marx reclamava para as forças produtivas o papel que Hegel tinha atribuído ao espírito como força motriz da História.

Sua confessa pretensão era de pôr de cabeça para baixo o esquema hegeliano, mas sem substituir nem alterar seus componentes internos. "É evidente que Hegel toma em sentido contrário o bom caminho",[9] afirmava Marx na sua crítica da filosofia do direto de Hegel. Mas

---

[6]HEGEL, G. W. *Introducciones a la filosofía de la historia universal*, p. 79.

[7]Os marxistas mais sofisticados recorreram à argúcia de proclamar a existência de dois Marx: um jovem Marx, radicalmente anticapitalista, e o Marx maduro, autor de *O capital*, mais proclive à sistematização teórica. Esse corte arbitrário coloca-nos perante uma disjuntiva fundamental: ou bem ficamos com o jovem Marx, e decretamos, como assinala Castoriadis, que tudo o que escreveu posteriormente, inclusive *O capital*, não tem nenhuma importância no conjunto de sua obra, porque já não sabia o que fazia; ou bem nos convertemos às teses do Marx maduro, únicas válidas para decifrá-lo, e proclamamos a inconsciência do jovem Marx.

[8]MARX, Karl. *Contribuição à crítica da economia política*, p. 6.

[9]MARX, Karl. *Crítica de la filosofía del Estado de Hegel*, p. 112.

INTRODUÇÃO

o problema não residia no sentido, mas no próprio caminho. Esse brilhante truque de prestidigitação, essa porta giratória da lógica, não podia oferecer, operando com os mesmos fatores, um resultado original. Modificar a ordem dos elementos era como virar uma ampulheta: a estrutura repousa sobre uma base diferente, mas a areia desliza sempre no mesmo sentido.

Se para Hegel a História perseguia um fim, codificado em seu seio, que se gestava progressivamente no desenvolvimento da razão, Marx encarnou essa razão hegeliana no progresso e na indústria, princípios reitores cujo ímpeto fazia avançar a História, afastando-a das etapas primitivas de uma humanidade inerme e exposta aos rigores da natureza.

Com efeito, em Marx, o estatuto do homem funda-se na sua conquista da *natura*, é seu destino. Mas é só com o pleno desenvolvimento da ciência e da técnica, com a embriaguez de poder propiciada pela indústria, que esse estatuto se cristaliza, enterrando um passado de impotência que condenava o homem a uma luta meramente simbólica com o meio sensível. Para ele, como antes para Hegel, o homem só encontrará o caminho de sua realização humana negando a natureza. Este argumento, que em ocasiões aparece amortecido, perseguia uma finalidade: acabar com um mundo cujo desconhecimento da indústria não lhe permite superar a alienação da luta pela existência, isto é, "acabar com a pré-história da sociedade humana".

Mas essa metafísica das forças produtivas era precisamente o eixo sobre o qual girava a Modernidade capitalista. "Se alguém se dispõe a instaurar e estender o poder e o domínio do gênero humano sobre o universo", afirmava Bacon, "a sua ambição (se assim pode ser chamada) seria,

MICHEL SUÁREZ

sem dúvida, a mais sábia e a mais nobre de todas".[10] Eis aí sintetizado o programa da Modernidade: liquidar toda relação orgânica com o meio, "ser donos e senhores da natureza"[11] [Descartes] e conquistá-la através da técnica.

Foi a grande indústria que "criou de fato a história mundial [...], completou a vitória da cidade comercial sobre o campo"[12], território de superstição e atavismos reacionários. Corada a indústria como *Imperatrix Mundi*, imperadora do mundo, nada impedia outorgar ao trabalho industrial a credencial de único instrumento capaz de desmatar o caminho dos homens rumo à liberdade.

Essas certezas de base determinavam inevitavelmente o conjunto da teoria marxista sobre a política e a mecânica social de mudança, sobre a revolução. Assim, num lacerante parágrafo sobre o imperialismo, Marx penetra sem rubor no terreno da razão emboscada:

A Inglaterra, é verdade, ao causar uma revolução social no Hindustão estava movida pelos interesses mais vis e era estúpida na sua maneira de os impor. Mas não é disso que se trata. A questão é: pode a humanidade cumprir o seu destino sem uma revolução fundamental no estado social da Ásia? Se não, quaisquer que tenham sido os crimes da Inglaterra, ela foi o instrumento inconsciente da história ao provocar essa revolução."[13]

Os interesses eram "vis" e a maneira de impô-los "estúpida", mas a humanidade tinha de "cumprir sua missão". As atrocidades cometidas pelo imperialismo foram severamente criticadas por Marx, mas essas desgraças faziam parte de uma amarga necessidade e, como tais, deviam ser integradas no capítulo de fatalidades inevitáveis. Ex-

---

[10]BACON, Francis. *Novum Organum*, cxxix.
[11]DESCARTES. *Le discours de la méthode*, p. 91.
[12]MARX, Karl; ENGELS, Friedrich. *A ideologia alemã*, p. 71.
[13]MARX, Karl. "A dominação britânica na Índia". In: MARX e ENGELS. *Obras escolhidas*, p. 518.

INTRODUÇÃO

portar o evangelho industrial aos povos que o ignoravam equivalia a resgatá-los de seu atraso e garantir a realização de seu destino num futuro indeterminado. O corolário de expansão industrial podia ser trágico e impiedoso, mas era inegociável.

O certo é que Marx nunca explicou o motivo pelo qual esse desenvolvimento constituía o único caminho para a liberação dos homens, mesmo que os esmagasse cruelmente de forma temporária. Esse postulado tem em Marx, e na literatura marxista nele inspirada, um caráter mais assertivo que demonstrativo e implica uma petição de princípio, consequência inevitável do seu costume de extrair as consequências das premissas.

Deplorar as aterradoras consequências do industrialismo, que Marx e Engels conheciam minuciosamente,[14] era uma reação muito humana que não podia extravasar os limites do plano moral, já que se opor ao avanço da indústria e da razão produtivista era, em última instância, bloquear o caminho ao socialismo. O progresso era um poder liberador até que atingia um ponto de não-retorno, a partir do qual mudava de signo para se tornar opressivo. As revoluções cortariam esse nó, liberando, não os homens, mas as forças produtivas para poderem continuar avançando em sua missão.[15] E em consequência, e apesar

---

[14]Ver a obra clássica: ENGELS, Friedrich. *A situação da classe operária na Inglaterra.*

[15]Quando as descobertas científicas desmentiam o ferrenho progressismo marxista, era a ciência que errava. Assim, Engels já tinha afirmado, com respeito à divulgação da nova lei da termodinâmica, que desautorizava toda fé no progresso, que "a segunda lei de Clausius pode ser interpretada como ele quiser [...]; depois de dar corda no relógio do mundo ele marcha e não para até os pêndulos equilibrarem-se, sem que possa voltar a colocá-lo em movimento mais do que um milagre". Cf. NAREDO, José Manuel. *La economía en evolución*, p. 170. "Contra os progressistas e sua ingênua fé em um amanhã melhor, descobriu Carnot a segunda lei da termodinâmica",

MICHEL SUÁREZ

dos danos ocasionalmente gerados, esporear a expansão do industrialismo era o único caminho para a revolução.

Esse enfoque possuía consequências que ultrapassavam as meras especulações filosóficas. Constituía um plano geral da vida social, mas também um programa para a aceleração do processo de luta política que desembocava na sociedade sem classes.

Por seu papel central no sistema industrial, Marx transferiu à classe operária o privilégio de pôr fim ao mundo engendrado pela burguesia e dar passagem a sua utopia da sociedade sem classes. De maneira consequente, Marx excluiu deste cometido os camponeses, pois, que papel revolucionário poderiam desempenhar, se eram "incapazes de fazer valer seu interesse de classe em seu próprio nome", se não podiam representar-se, tendo de "ser representados", e se ainda por cima esse representante tivesse de aparecer "como seu senhor, como autoridade sobre eles"?[16]

"Burrice de aluno!", bramava Marx contra Bakunin. "Uma revolução social radical está ligada a certas condições históricas de desenvolvimento econômico; estas últimas são o pressuposto dela. Portanto, ela só é possível onde, com a produção capitalista, o proletariado industrial ocupa pelo menos uma posição significativa".[17] Em consequência, a revolução seria, segundo esse esquema, resultado direto do desenvolvimento das forças produtivas, e seria pilotada pelo proletariado industrial, designado histórica e objetivamente a protagonizá-la. Posteri-

---

sentenciava o grande poeta Antonio Machado. MACHADO, Antonio. *Juan de Mairena*, p. 278.

[16]MARX, Karl. *O 18 Brumário e Cartas a Kugelmann*, p. 116.

[17]MARX, Karl. "Extracto dos comentários ao livro de Bakúnine 'Estatalidade e anarquia' [Estatismo e anarquia]". In: MARX e ENGELS. *Obras escolhidas*. Vol. II, p. 446.

INTRODUÇÃO

ormente, Lênin levaria essa teoria que privilegia a classe operária como sujeito revolucionário ao seu grau de incandescência, ou seja, ao patamar do mais implacável autoritarismo e da centralização mais ferrenha, perfilando os contornos do partido como vanguarda.

Marx deixou, por outro lado, poucas descrições do quadro geral do mundo pós-revolucionário. Porém, em sua obra, encontramos ressaibos utópicos apenas sublinhados por leituras quase clandestinas entre seus comentadores; em todo caso, existem e não são desdenháveis. Na *Crítica do Programa de Gotha*, Marx alude a uma "fase superior da sociedade comunista, quando houver desaparecido a escrava subordinação dos indivíduos à divisão do trabalho e, com ela, os antagonismos entre o trabalho manual e o trabalho intelectual; quando o trabalho tiver se tornado não só um meio de vida, mas também a primeira necessidade da existência".[18] Aqui, a pretensão cientificista volatiliza-se: encontramo-nos em pleno território da utopia. Não fustigou Marx, por muito menos, aqueles "socialistas burgueses" que exortavam o proletariado a entrar "na nova Jerusalém"? Esse futuro idílico, fruto da consumação de um processo de avanço material avassalador que Marx imaginou, não estava longe da Arcádia de William Morris, embora, para os permanentes consultores da palavra sagrada, esse juízo dos deslizes do mestre não passasse de uma "zombaria maligna" da burguesia [Lênin].

Versão iluminista da Providência, designar o progresso[19] e o desenvolvimento da técnica como alavancas

---

[18]MARX, Karl. *Crítica del Programa de Gotha*, p. 95.

[19]Marx e Engels celebraram a publicação (em Londres, a 24 de novembro de 1859) de *A origem das espécies*, de Darwin, como a confirmação de suas teorias sociais. "Já alguns anos antes de 1845 estávamos ambos a aproximar--nos desta ideia" [a de que a luta de classes tinha atingido um patamar a

MICHEL SUÁREZ

que moviam o mundo, implicava admitir a existência de um propósito interno na História, propósito que se podia inferir através da razão. Porém, esse esquema geral deixava muitos cabos soltos. Que fundamento filosófico estabelece que as forças produtivas têm uma tendência natural a desenvolver-se? Qual seria o critério utilizado para medir o ponto crítico a partir do qual o desenvolvimento das forças produtivas varreria a burguesia da face da Terra por uma revolução social? O que autorizava a afirmar que "a anatomia da sociedade civil deve ser procurada na economia política"?[20] Por que motivo o conflito entre o desenvolvimento das forças de produção e o modo de produção "não é precisamente nascido na cabeça do homem [...], mas tem suas raízes nos fatos, na realidade objetiva, fora de nós, independentemente da vontade ou da atividade dos próprios homens que o provocaram"?[21] Quando Marx e Engels acusavam, com justiça, Hegel de idealismo, não sucumbiam analogamente à sedução aristotélica de pensar que "a essência é o objeto de estudo, porque procuramos os princípios e as causas das essências"?[22] Deveria a História "ser escrita

partir do qual a classe oprimida não podia libertar-se sem ao mesmo tempo libertar a toda a sociedade] — escrevi no prólogo à tradução inglesa — "dessa ideia que, na minha opinião, está destinada a fundamentar na ciência da História o mesmo progresso que a teoria de Darwin fundamentou na ciência natural." ENGELS, Friedrich. "Prefácio à edição alemã de 1883". In: MARX e ENGELS. *Obras escolhidas I*, p. 99. Porém, em escritos posteriores, o entusiasmo diluiu-se e tornou-se ceticismo. Nas obras de Marx e Engels, neste, como em tantos outros temas, as ambiguidades, as contradições e as confusões, são a norma, problema do qual não conseguiram fugir muitos dos pensadores considerados clássicos e aqueles cuja obra possui volume e densidade.

[20] MARX, Karl. *Contribuição à crítica da economia política*, pp. 4–5.
[21] ENGELS, F. *Do socialismo utópico ao socialismo científico*, p. 56.
[22] ARISTÓTELES. *A metafísica*, XXI, 1069a, 1.

INTRODUÇÃO

segundo uma norma situada fora dela"?[23] Onde residiria esse lugar fora da História, morada secreta das "potências invisíveis" [Wilde]? O sistema de Hegel e sua mágica determinação de arrombar as portas, atrás das quais se escondiam as essências últimas da mecânica social, constituiu verdadeiramente, como afirmava Engels, o último "aborto gigantesco do seu gênero"?[24] Em que medida o marxismo não percorreu o mesmo caminho?

A propensão de Marx ao dualismo permitiu que sua obra não pudesse ser cercada por um estreito círculo de giz, exceção feita à ortodoxia mais risível, e que ainda hoje faz com que muitos de seus postulados principais sejam objetos de discussão e controvérsia. São essas fendas da ambiguidade, que atravessam seu edifício teórico, que foram aproveitadas por um grande número de exegetas marxistas, teólogos sempre disponíveis para reinterpretar e encontrar novos ângulos de analise da obra de Marx. Alguns foram, sem dúvida, extraordinariamente inteligentes e talentosos, mas não conseguiram salvar do incêndio elementos capitais em Marx, como a ideia teleológica de uma "tarefa histórica" do proletariado, o sentido providencial atribuído à História, a categorização da indústria como teodiceia ou a crença metafísica numa "etapa superior do comunismo".

O certo é que uma doutrina, como bem ilustraram os pais da Igreja, pode alcançar uma elasticidade surpreendente e admitir tantas interpretações como hermeneutas. É, porém, o mesmo conceito de doutrina que deveria ser questionado, ainda mais se ele edifica-se sobre as bases do progresso e a expansão ilimitada da razão. Nenhuma família do marxismo pode questionar esses fundamentos

---

[23]MARX, Karl; ENGELS, Friedrich. *A ideologia alemã*, p. 37.
[24]ENGELS, F. *Do socialismo utópico ao socialismo científico*, p. 50.

MICHEL SUÁREZ

sem transfigurar radicalmente a fisionomia da obra de Marx.

Como lembrava Simone Weil, para os oprimidos e os explorados, mesmo nos momentos da derrota e da amarga repressão, saber que pertenciam a uma classe destinada a herdar o mundo e que o destino encarnado em uma História providencial dizia-lhes respeito, já era alguma coisa. Bastava desencadear os demônios escondidos no seio das forças produtivas para entrar no paraíso. Que tudo isso tenha sido cruelmente desmentido pela própria história, para muitos, é apenas uma questão sem importância.

BAKUNIN E O PROGRESSO COMO FANTASMAGORIA

Muito menos dotado para a sistematização teórica que Marx, encontramos na fragmentária obra de Bakunin conjecturas de signo muito diferente às do filósofo alemão sobre a natureza, o progresso e a técnica.

Em primeiro lugar, Bakunin contemplava duas acepções de "natureza": uma que englobava o conjunto das coisas existentes, e que incluía obviamente os seres humanos, e uma segunda que incluía unicamente o "meio sensível", nos termos de Marx. Contra esta última, o homem teve de exibir engenho, coragem e determinação, já que, de outro modo, não teria completado o processo de hominização. Empreender uma guerra sem quartel contra a primeira constituía um projeto descabido e temerário, já que "ninguém pode se rebelar contra [a natureza] sem chegar imediatamente ao absurdo ou sem provocar sua própria destruição".[25]

[25]MAXIMOF, G. P. (Org.). *Bakunin. Escritos de filosofía política.* Vol. 1, p. 96.

INTRODUÇÃO

Em segundo lugar, e de modo análogo a Marx, Bakunin acreditava firmemente na centralidade do trabalho na vida social; ora, o que diferenciava substancialmente sua visão do industrialismo marxista é que esse trabalho não tinha por objetivo a conquista da natureza:

> Quando o homem atua sobre a natureza, é na realidade a natureza que trabalha sobre si mesma. E podemos ver claramente que é impossível uma rebelião contra a natureza. [...] Em consequência, o homem jamais será capaz de combater a natureza; não pode conquistá-la nem dominá-la. Quando o homem empreende atos que aparentemente são hostis à natureza obedece mais uma vez às leis dessa mesma natureza. Nada pode liberá-lo de seu domínio; ele é seu escravo incondicional. Mas isso não constitui escravidão nenhuma, visto que todo tipo de escravidão pressupõe a existência de dois indivíduos, um do lado do outro, e a submissão de um ao outro. Ao ser o homem parte da natureza e não algo exterior a ela, é impossível que seja seu escravo.[26]

Bakunin não depositava maiores entusiasmos na ciência e no progresso como artífices de uma abundância que desembocaria no reino da felicidade. Pelo contrário, afirmava que há limites cognoscitivos infranqueáveis para o homem, e que ele jamais poderá compreender tudo nem alcançar o sonho do conhecimento absoluto. Certamente, encontra-se em sua obra um esquema de realização progressiva da potencialidade libertadora dos homens, que, por meio da faculdade da razão, ascenderiam do estagio primitivo da animalidade ao reino da liberdade, após ter liquidado o regime de escravidão que representava o capitalismo. Há aí um progresso, entendido como avanço inexorável rumo a um patamar de liberdade, desmentido pela experiência histórica, que nos mostra Bakunin, também, como ilustre filho de seu tempo.

---

[26]ARVON, Henri. *Bakounine*, p. 133.

MICHEL SUÁREZ

No entanto, apesar de não ter negado a existência do progresso humano como destino da humanidade, a liberdade como meta não implicava a assunção dos violentos apetites de conquista natural que encontramos em Marx, nem do caminho sem tropeços.

O progresso é excelente, é verdade. Mas, quanto mais se desenvolver, mais se tornará causa de uma escravidão intelectual e, por conseguinte, material, causa da pobreza e do atraso mental do povo; porque alargará constantemente o abismo que separa o nível intelectual das classes privilegiadas do nível das grandes massas do povo.[27]

Para ele, não existia argumento lógico, nem poderia existir, que nos autorizasse a afirmar que o progresso era o destino da humanidade.

Não podemos dizer que este progresso é idêntico em todas as épocas históricas de um povo. Pelo contrário, procede mediante ações e retrocessos. Às vezes é muito rápido, muito sensível e de amplo alcance; outras vezes faz-se mais lento ou se detém, e inclusive parece retroceder. Quais são os fatores determinantes de tudo isso? Isso depende evidentemente do caráter dos acontecimentos de uma época histórica dada. Há acontecimentos que eletrizam as pessoas e as lançam à frente, outros acontecimentos têm um efeito tão deplorável, desalentador e depressivo sobre a mentalidade do povo que, com frequência, o esmagam, o extraviam ou às vezes o pervertem por completo. Em geral, é possível observar no desenvolvimento histórico do povo dois movimentos inversos, que me permitirei comparar com o fluxo e o refluxo das marés oceânicas.[28]

"A intrusão profana em lugares secretos acarretou desgraças infinitas", acusava Melville, enquanto Blake assinalava que "os caminhos do progresso são retos, mas os caminhos sem progresso são os caminhos do gênio", e é difícil pensar que Bakunin discordasse deles. O progresso

[27]MAXIMOF, G. P. (Org.). Op. cit., p. 78.
[28]Ibid., p. 211.

INTRODUÇÃO

material, longe de dignificar o trabalho, o tinha colocado numa ladeira de degradação crescente, e o maquinismo reforçava a opressão, quando havia prometido aos trabalhadores a libertação definitiva da escravidão laboral.

Este fato notável é que todas as invenções da mente, todas as grandes aplicações da ciência da indústria, ao comércio e, em geral, à vida social, só beneficiaram até o presente as classes privilegiadas e o poder dos Estados, esses eternos protetores das iniquidades políticas e sociais. Nunca beneficiaram as massas do povo. Basta aludir, por exemplo, às máquinas, para que todo operário e todo partidário sincero da emancipação do trabalho coincida conosco neste ponto.[29]

Além disso, Bakunin alertava contra a constituição do império do cientificismo, porque, ainda que a ciência fosse "indispensável para a organização racional da sociedade", a subordinação do homem à sua esfera reduziria o campo das paixões, matéria-prima da vida.

A ciência é o âmbito da vida, mas não é a própria vida. A ciência é imutável, impessoal, geral, abstrata e insensível como as leis que idealmente reproduz. [...] A vida é fugidia e transitória, mas também palpita de realidade e individualidade, de sensibilidade, de sofrimentos, gozos, aspirações, necessidades e paixões. Por si mesma, cria espontaneamente coisas e seres reais. A ciência não cria nada.[30]

Ademais, a consagração da ciência como domínio constituía o caminho mais rápido para parafusar no poder uma casta de governantes, cuja legitimidade residiria no monopólio do saber objetivo. Isso desembocaria rapidamente na criação de uma nova classe, "uma entidade moral que existia fora da vida social universal, representada por uma corporação de sábios diplomados", que de-

---

[29]Ibid., p. 239.
[30]Ibid., p. 61.

MICHEL SUÁREZ

veria ser "liquidada" para que seu saber pudesse ser difundido "amplamente entre as massas".[31]

Pouco inclinado aos elogios do mundo fabril, Bakunin acreditava que o proletariado, no sentido dado por Marx, não dispunha de nenhum privilégio objetivo que fizesse dele o único protagonista da revolução. Em geral, os protagonistas seriam todos aqueles que experimentavam na sua própria carne a ignomínia e a opressão, inclusive a massa de excluídos da sociedade, o *lúmpem*, que não tinha nada a perder, exceto suas correntes. Nunca nutriu o furor depreciativo de Marx pelos camponeses: "os camponeses podem ser motivados à ação e, antes ou depois, assim o fará a revolução social".[32] E, não tendo outorgado às forças produtivas um papel messiânico, dificilmente ele poderia ter concedido privilégios revolucionários aos operários industriais.

Sem inclinações teóricas abrangentes e despojado das tentações iluministas de dominar a natureza, Bakunin teve sempre muito claro que não era preciso assistir a abismos de opróbrio nem endurecer a alma para alcançar uma ordem social fundada na liberdade individual e na solidariedade coletiva. Mas soube, também, e sobretudo, que o caminho para essa nova sociedade não admitia atalhos não-autorizados, e que nos meios já vinham determinados os fins.

A TÉCNICA, ESTÚPIDOS! A TÉCNICA.
SOBRE OS FINS E OS MEIOS

O nó central da teoria emancipadora em Marx residia no fato de que a defesa do desenvolvimento técnico — que supunha a aberta apologia do sistema industrial,

---

[31] Ibid., p. 75.
[32] Ibid., p. 250.

INTRODUÇÃO

com seu cortejo de fábricas, disciplina, hierarquização das relações sociais, rotinas mecânicas, predação do meio ambiente, necessidade crescente de novas fontes de energia, etc. — tinha seu corolário natural na centralização do poder político e na divisão entre dirigentes e dirigidos. Nesse ponto, tanto Marx quanto Engels compartilhavam plenamente o universo teórico sobre o qual tinha se erigido o edifício da economia política, e, não ignorando as consequências que levava à arena do poder, ninguém poderia acusá-los de terem sido incoerentes. Engels, que conhecia em primeira mão o espetáculo da miséria fabril, oferece uma escrupulosa pintura do funcionamento interno da fábrica:

O autômato mecânico de uma grande fabrica é muito mais tirano do que os pequenos capitalistas que empregavam operários. Para as horas de trabalho, pelo menos, pode-se escrever sobre a porta destas fábricas: *Lasciate ogni autonomia, voi che entrate!* [Deixai toda a esperança, vós que entrais!]. Se o homem, com a ciência e o gênio inventivo, submete a si as forças da natureza, estas, no momento em que ele as emprega, vingam-se dele, submetendo-o a um verdadeiro despotismo, independente de toda organização social. Querer abolir a autoridade na grande indústria é querer abolir a própria indústria; destruir a fiação a vapor para regressar à roca.[33]

Essa dicotomia entre a fé religiosa no progresso ou um inevitável regresso às cavernas, notoriamente demagógica e falsa, refletia o extravio geral de Marx, Engels e do marxismo no labirinto do determinismo tecnológico.

Para manter as máquinas em movimento, precisam de um engenheiro que vigie a máquina a vapor, de mecânicos para as reparações diárias e de muitos outros braceiros destinados a transportar os produtos de uma sala para outra, etc. Todos esses operários, homens,

---

[33]ENGELS, F. "Da autoridade". In: MARX e ENGELS. *Obras escolhidas.* Vol. ii, pp. 408–409.

MICHEL SUÁREZ

mulheres e crianças, são obrigados a começar e a acabar o seu trabalho em horas determinadas pela autoridade do vapor, que não faz caso da autonomia individual.[34]

A grande indústria fabricava rebanhos fabris em série, indivíduos carentes de autonomia, submissos e obedientes aos ditames da máquina, mas essa era uma condição dolorosa e inelutável para o estabelecimento do socialismo. Obviamente, a "autoridade do vapor" não podia ser posta em questão, porque isso comprometeria toda a teoria da necessidade do desenvolvimento das forças produtivas e até o conceito de revolução, que, segundo o próprio Engels, "é certamente a coisa mais autoritária que há: é o ato pelo qual uma parte da população impõe à outra parte a sua vontade por meio de espingardas, baionetas e canhões, meios autoritários por excelência; e o partido vitorioso, se não quer ter combatido em vão, deve continuar esse domínio com o terror que as suas armas inspiram aos reacionários".[35]

Era um sombrio panorama e sua correspondente "doutrina de que as máquinas nunca deveriam ser julgadas ou escolhidas conforme critérios políticos era antidemocrática"[36] e profundamente autoritária. Porém,

todos os socialistas estão de acordo que o Estado político e, com ele, a autoridade política, desaparecerão em consequência da próxima revolução social, e isso significa que as funções públicas perderão seu caráter político e transformar-se-ão em simples funções administrativas, velando pelos verdadeiros interesses sociais. Mas os antiautoritários pedem que o Estado político autoritário seja abo-

---

[34]Ibid., p. 408.
[35]Ibid., p. 410.
[36]LUMMIS, Douglas, C. *Democracia radical*, p. 110.

INTRODUÇÃO

lido por uma penada, antes de serem destruídas as condições sociais que o fizeram nascer.[37]

Paradoxalmente, Adam Smith tinha afirmado energicamente que o homem, submetido a uma função rotineira e sem sentido, não era senão um infeliz em busca perpétua de compensações, com frequência brutais.

O homem que passa toda sua vida executando algumas operações simples, cujos efeitos são também sempre os mesmos, ou quase, não tem oportunidade de exercitar sua capacidade intelectual ou sua habilidade de encontrar expedientes para afastar dificuldades que nunca ocorrem. Perde, naturalmente, portanto, o hábito desse exercício e torna-se, geralmente, tão estúpido e ignorante quanto é possível conceber-se numa criatura humana. O torpor do seu raciocínio torna-se não só incapaz de saborear ou tomar parte em qualquer conversa racional, como também de conceber qualquer sentimento generoso, nobre ou terno, e por consequência, até incapaz de formar qualquer julgamento sensato no que diz respeito a muitos dos deveres comuns da vida.[38]

As observações de Bakunin estavam em sintonia com a afirmação Smith, de que os trabalhadores estafados eram incapazes de sentir qualquer paixão pelo bem comum, "porque careciam dos meios materiais necessários para transformar, na realidade, a liberdade política, porque seguiam sendo escravos forçados a trabalhar pela fome".[39] Obviamente, Bakunin confirmava as impressões de Smith, mas não procurava falsos caminhos nem forças misteriosas (mercado, forças produtivas) como antídotos contra a exploração. Se alguma missão tinha a História, era aquela que se correspondia com a "vasta e sagrada tarefa de transformar os milhões de escravos assalariados

---

[37]ENGELS, F. "Da autoridade". In: MARX e ENGELS. *Obras escolhidas.* Vol. II, p. 410.

[38]SMITH, Adam. *A riqueza das nações*, p. 417.

[39]MAXIMOF, G. P. (Org.). Op. cit., p. 265.

MICHEL SUÁREZ

numa sociedade humana e livre, baseada na igualdade de direitos para todos".[40]

Bakunin acreditava que esse fatalismo mecanicista que orlava os textos de Marx era falso, e sua divisa, "à liberdade pela liberdade", estabelecia uma coerência entre meios e fins que não encontramos nos textos de seu adversário. Para ele, a autoridade e a autonomia não eram "coisas relativas, cujos âmbitos variam nas diferentes fases do desenvolvimento social", como afirmava Engels. Além disso, "a liberdade", escrevia, "é indivisível; não é possível suprimir nela uma parte sem destruí-la por completo em seu conjunto. Essa pequena parte da liberdade que está sendo limitada é a própria essência de minha liberdade, é tudo."[41] Se um gigantesco sistema fabril era o único caminho para alcançar a liberdade, mas ao mesmo tempo o trabalho na fábrica era intrinsecamente alienante, por meio de que fórmula os explorados diariamente pelo vapor poderiam construir uma sociedade livre? De onde procederiam a lucidez e a energia necessárias para engendrar algo parecido a uma paixão pelo bem comum? Quanto tempo se dedicaria a essa tarefa? Seria somente um passatempo de domingo à tarde?

De maneira análoga, para Bakunin, a existência de um poder centralizado na forma de um Estado, entendido como veículo para a conquista da liberdade depois de uma fase de transição, era um completo absurdo. "Abstração que devora a vida do povo", instrumento e "patrimônio de uma classe privilegiada", "todo Estado, federado ou não", salientava o russo, "deve procurar converter-se no mais poderoso, sob o perigo de uma ruína total. [...] Todo Estado é então a negação mais flagrante, cínica

[40]Ibid., p. 208.
[41]Ibid., p. 258.

INTRODUÇÃO

e completa da humanidade."[42] Nesse ponto, Marx, em sua insistência na necessidade de um "Estado operário", mais uma vez fiou toda a sorte de sua teoria numa boa dose de fé para acreditar em que, uma vez constituído esse Leviatã comandado pelos trabalhadores, ele mesmo desmoronaria, não se sabe muito bem por que procedimentos.

Bakunin era muito mais cabal quando anunciava que "a única autoridade grande e onipotente, ao mesmo tempo natural e racional, a única que podemos respeitar, será a do espírito coletivo e público de uma sociedade fundada sobre a igualdade e a solidariedade";[43] e seria esse espírito coletivo que redefiniria o termo "eficácia", em função do efeito que se procurasse conseguir, e não de gigantescos incrementos quantitativos da produção.

"A concentração de poder político só pode produzir escravidão, porque a liberdade e o poder excluem-se mutuamente. Todo governo, inclusive o mais democrático, é inimigo natural da liberdade;"[44] pensar, como Marx, que o Estado ou a técnica podem ter um uso diferente daquele para o qual foi imaginado, é a grande ilusão da Modernidade na qual ficou preso.

Ele compreendeu bem que o vício mais vergonhoso que o socialismo tem de apagar não é o assalariado, mas "a degradante divisão do trabalho manual e do trabalho intelectual", ou, segundo uma outra fórmula, "a separação entre as forças espirituais do trabalho e o trabalho manual". Mas Marx não se perguntou se não se tratava de uma ordem de problemas independente dos problemas colocados pelo jogo da economia capitalista propriamente dita. Embora tenha assistido à separação da propriedade e da função na empresa capitalista, ele não se questionou se a função administrativa, na medida em que é permanente, não poderia, independentemente de

[42]Ibid., p. 159.
[43]Ibid., p. 324.
[44]Ibid., p. 325.

MICHEL SUÁREZ

qualquer monopólio da propriedade, fazer nascer uma nova classe opressiva. E, no entanto, se percebemos bem como uma revolução pode "expropriar expropriadores", não vemos como um modelo de produção fundado na subordinação daqueles que executam à aqueles que coordenam poderia não produzir automaticamente uma estrutura social definida pela ditadura de uma casta burocrática.[45]

Para Simone Weil, "essa inversão da relação entre o meio e o fim é a loucura fundamental que constitui a razão de tudo o que de insensato e sangrento tem havido ao longo da história";[46] Tawney constatava a terrível desgraça que constituía o fato de que os homens estavam condenados a confundir "sempre os meios com os fins, a menos que tenham uma concepção clara de que o que importa são os fins e não os meios; [...] falam como se o homem existisse para a indústria, em vez de existir a indústria para o homem".[47]

Pretender construir um mundo livre de opressão por meio da autoridade é embrulhar a teoria em arame farpado ou acreditar na transubstanciação de meios nocivos em fins saudáveis.

Jamais se estabelece a justiça por meios injustos, tanto quanto a liberdade pela via de uma ditadura (mesmo dita temporária). Os meios comportam em si mesmos consequências inevitáveis e desembocam em finalidades que carregavam igualmente em si mesmos. Os fins, ao contrário, são já compreendidos nos meios. Assim, meios justos fazem reinar já, *hic et nunc*, a justiça, mesmo que esta seja apresentada como um objetivo último. Meios instaurando a liberdade nas relações imediatas instauram a liberdade, etc. Não pode haver contradição entre os fins e os meios.[48]

---

[45]WEIL, Simone. "Perspectives. Allons-nous vers la révolution prolétarienne". In: *Œuvres*, p. 263.

[46]WEIL, Simone. "Réflexions sur les causes de la liberté et de l'oppression sociale". In: *Oppression et liberté*, p. 95.

[47]TAWNEY, R. H. *La sociedad adquisitiva*, p. 47.

[48]ELLUL, Jacques. *Mudar de revolução*, pp. 65–66.

INTRODUÇÃO

Bakunin não teve, e nem procurou ter, em grande medida, o duvidoso privilégio de profetizar o destino da humanidade. Ainda assim, sua obra (como sua vida) não se encontra livre de exageros nem de caminhos difusos, o que não lhe impediu de ser suficientemente sagaz para não elaborar uma teoria que o ameaçasse com um beco sem saída. Engels e Marx, diferentemente, terminaram por assemelhar-se àqueles gregos que Antígona acusava de serem hábeis adivinhos, mais adoradores, involuntários, da injustiça.

CRANSTON E O DIÁLOGO IMAGINÁRIO ENTRE A POBREZA E A ESCRAVIDÃO

A obra de Cranston constitui uma pequena e pouco conhecida joia dentro do panorama de divulgação do pensamento socialista. O principal de seus numerosos méritos é o de haver sabido condensar, em umas poucas páginas, a densidade teórica da disputa entre Marx e Bakunin, e por elevação, ter radiografado em parágrafos claros, curtos e expositivos, as diferencias que fraturaram o movimento operário no século xix. E nada poderia exemplificar melhor a agudeza e a habilidade de Cranston em investigar os universos paralelos de ambos do que a frase que põe na boca de Bakunin: "é a escravidão o pior dos males, Marx, e não a pobreza". Condenar a pobreza e exprimir uma sincera repugnância por sua progressiva propagação era uma atitude que honrava Marx; não obstante, a questão capital sobre a pobreza residia em sua natureza, não na sua simples existência. Desde os trabalhos de Sahlins, Mauss, Mead ou Malinowski, sabemos que a categoria "pobreza" está definida por parâmetros exclusivamente materiais, elaborados por sociedades industriais avançadas.

MICHEL SUÁREZ

Para citar um caso concreto sobre o qual se debruçou o próprio Marx, ao explicitar a necessidade da expansão do capitalismo industrial: "em termos econômicos, é possível que a Índia tenha se beneficiado — e não resta dúvida que se beneficiou no longo prazo —, mas socialmente desorganizou-se e, assim, caiu vítima da miséria e da degradação".[49] O mesmo aconteceu no período dos cercamentos na Inglaterra, entre os séculos XVIII e XIX: os trabalhadores incrementaram seu numerário em troca de "vender sua alma ao diabo". Como afirma Collingwood, engana-se aquele que

se atem ao fato de que se pescam dez peixes onde antes se pescavam cinco, e utiliza isso como critério de progresso. Deve-se levar em conta as condições e as consequências dessa mudança. Deve-se perguntar o que foi feito com os peixes adicionais, ou com o lazer adicional. Deve-se perguntar que valor se atribuía às instituições sociais e religiosas que se sacrificaram por aqueles peixes extras. Em poucas palavras, deve-se julgar o valor relativo de dois modos diferentes de vida, tomados como dois todos.[50]

Por outro lado, Cranston, numa espécie de esgrima verbal propiciada pelo uso do diálogo, sintetiza a prática totalidade dos pontos de divergência entre Marx e Bakunin, demonstrando um conhecimento profundo da obra de ambos, enriquecido por uma argumentação sólida e um solvente uso de recursos narrativos.

Longe da literatura de propaganda, o autor assume o rol de mero espectador do encontro; é um convidado de exceção, uma figura que relata com fidelidade e objetividade um acontecimento real-imaginário. Não sucumbe à tentação de contribuir à glorificação de Marx ou de Bakunin; também não coloca mais uma pedra em seus res-

[49] POLANYI, Karl. *La gran transformación*. Buenos Aires: FCE, 2007, p. 218.

[50] COLLINGWOOD, R. G. *Idea de la historia*. México: FCE, 2000, p. 312.

INTRODUÇÃO

pectivos panteões, nem cai na pobreza assertiva da propaganda mais rampante. A originalidade do "diálogo imaginário" é o profundo respeito que manifesta pelos colossos que reúne em torno de uma chaleira, mas também a deferência que mostra com o leitor, evitando as conclusões e os juízos apressados, característicos de um pensamento fundado na irreflexão e na reprodução de etiquetas ocas e hipnotizadoras. O livro de Cranston é, em definitiva, um convite para penetrar, com pausa, com atenção e sem dogmatismos, nos textos de Marx e Bakunin.

BIBLIOGRAFIA

ARVON, Henri. *Bakounine*. Paris: Seghers, 1966.

ARISTÓTELES. *A metafísica*, XXI, 1069a, 1.

BACON, Francis. *Novum Organum*, CXXIX.

COLE, G. D. H. *Historia del pensamiento socialista: marxismo y anarquismo (1850–1890)*. Vol. II. México: Fondo de Cultura Económica, 1964.

DESCARTES. *Le discours de la méthode*. Paris: Discours VI, 1977.

ELLUL, Jacques. *Mudar de revolução: o inelutável proletariado*. Rio de Janeiro: Rocco, 1985.

ENGELS, Friedrich. *A situação da classe operária na Inglaterra*. Lisboa: Presença, 1975.

_____. "Prefácio à edição alemã de 1883". In: MARX e ENGELS. *Obras escolhidas*. Lisboa: Edições Avante, 1982, Vol. I.

_____. *Do socialismo utópico ao socialismo científico*. Rio de Janeiro: Global, 1989.

_____. "Da autoridade". In: MARX e ENGELS. *Obras escolhidas*. Vol. II. Moscou/Lisboa: Edições Progresso/Edições Avante, 1983.

HEGEL, G. W. *Introducciones a la filosofía de la historia universal*. Madrid: Istmo, 2005.

LEHNING, Arthur. *Conversaciones con Bakunin*. Barcelona: Anagrama, 1999.

LUMMIS, Douglas. *Democracia radical*. México: Siglo XXI, 2002.

MACHADO, Antonio. *Juan de Mairena*. Madrid: Alianza, 2004.

MARX, Karl. *Contribuição à crítica da economia política*. São Paulo: Martins Fontes, 2003.

MICHEL SUÁREZ

_____. *Crítica de la filosofía del Estado de Hegel*. Madrid: Biblioteca Nueva, 2002.

_____. "A dominação britânica na Índia". In: MARX e ENGELS. *Obras escolhidas*. Vol. I. Moscou/Lisboa: Edições Progresso/Edições Avante, 1983.

_____. *O 18 Brumário e Cartas a Kugelmann*. Rio de Janeiro: Paz e Terra, 1977.

_____. "Extracto dos comentários ao livro de Bakúnine 'Estatalidade e anarquia'". In: MARX e ENGELS. *Obras escolhidas*. Vol. II.

_____. *Crítica del Programa de Gotha*. Barcelona: Materiales, 1977.

MARX, Karl; ENGELS, Friedrich. *A ideologia alemã*. São Paulo: Martins Fontes, 2002.

MAXIMOF, G. P. (Org.). *Bakunin. Escritos de filosofía política*. Vol. I. Madrid: Alianza, 1978.

MUMFORD, Lewis. *El mito de la máquina*. Buenos Aires: Emecé, 1969.

_____. *Técnica y civilización*. Madrid: Alianza, 1987.

NAREDO, José Manuel. *La economía en evolución: historia y perspectivas de las categorías básicas del pensamiento económico*. Madrid: Siglo XXI, 2003.

SMITH, Adam. *A riqueza das nações*. Lisboa: Gulbenkian, 1993. Vols. II, V, I.

SOMBART, W. *El apogeo del capitalismo*. Vol. II. México: Fondo de Cultura Económica, 1981.

TAWNEY, R. H. *La sociedad adquisitiva*. Madrid: Alianza, 1961.

WEIL, Simone. "Perspectives. Allons-nous vers la révolution prolétarienne". In: *Œuvres*. Paris: Gallimard, 1999.

_____. "Réflexions sur les causes de la liberté et de l'oppression sociale". In: *Oppression et liberté*. Paris: Gallimard, 1955.

DIÁLOGO IMAGINÁRIO ENTRE MARX E BAKUNIN

APRESENTAÇÃO

As RELAÇÕES ENTRE Marx e Bakunin foram, bem sabemos, das mais delicadas. Ainda hoje os partidários de um ou do outro desses gigantes da questão social, e incluo entre eles os que são dos mais objetivos, são incomodados em suas apreciações pelos defeitos (complementos de suas qualidades) desses dois homens, de fato, fora de série.

Bakunin é o furacão. Homem de ação, tal Diógenes demonstrando o movimento caminhando, toda ocasião é-lhe boa para aplicar teorias que, às vezes, nele estão apenas em gestação, mas que, precedidas por uma aplicação mais ou menos empírica, revelam-se a longo termo válidas, sem nunca conseguir, contudo, impor-se no fato social.

Marx é o homem de gabinete. Pensador, tendo assimilado com maestria as obras de predecessores que desde então eclipsou, tem sobre Bakunin a vantagem de preconizar uma experiência que nada inova, que apenas desloca a experiência do poder. A questão social será para ele resolvida no dia em que a burguesia, que tomou o cetro da autoridade da nobreza, renunciar, por bem ou por mal, sua predominância, para dar lugar a um proletariado consciente, capaz de dirigir a humanidade rumo ao socialismo.

Pode-se afirmar, contudo, que essas proposições — mais facilmente realizáveis do que as de Bakunin, visto que elas apenas transmutam o princípio de autoridade, fa-

APRESENTAÇÃO

zendo beneficiar uma classe em detrimento de uma outra — tenham correspondido, em sua aplicação sobre uma extensão importante do planeta, às esperanças de seu iniciador?

O homem político, o homem de partido, responderá afirmativamente, é certo. Para o sociólogo, para o observador imparcial será pelo menos dubitável. Quanto ao negador da autoridade, ele tem razão em denunciar, com o apoio de provas, as fraquezas do sistema marxista — ou de seus derivados —, que deixa perdurar em nossos dias, às vezes agravando, nas nações onde ele comanda de forma absoluta, todas as taras que Marx (tanto quanto Bakunin) denunciava nas práticas do Estado burguês.

No transcurso de uma emissão na BBC, em Londres, em outubro de 1962, um sociólogo avisado, Maurice Cranston, que conhece perfeitamente sua matéria — e esse não é um pequeno elogio — imaginou um diálogo entre Marx e Bakunin, conversação que esses dois homens supostamente mantiveram durante o encontro que tiveram em Londres em 3 de novembro de 1864.

Nessa entrevista transmitida para milhões de ouvintes, e pela qual devemos felicitar a rádio inglesa, o autor esforçou-se para reconstituir, a partir das teses particulares desenvolvidas pelos dois pensadores em suas obras respectivas, uma controvérsia verossímil que revela uma erudição extraordinária. Encontraremos aqui, posicionados com maestria, os dois homens que dominaram sua época no plano social, no áspero debate sobre esse tema eternamente atual: devemos confiar na liberdade? Ou então, ao contrário, é a autoridade indispensável?

O texto que nossos eleitores vão ler foi publicado em dezembro de 1962 pela revista londrina *Anarchy*; foi traduzido para o espanhol e inserido na revista *Umbral* em

LOUIS LOUVET

Paris, em seguida, retomado em parte por diversas publicações norte-americanas e latino-americanas em língua espanhola. *Umanità Nova*, órgão de nossos amigos italianos em Roma, apresentou-o, por sua vez, a seus leitores.

Contre-courant tinha o dever de apresentar ao público francês a interessante obra de Maurice Cranston à qual a revista de Louis Dorlet *Défense de l'Homme* fizera alusão num de seus números.

Eis que foi feito.

Louis Louvet

DIÁLOGO IMAGINÁRIO ENTRE MARX E BAKUNIN

BAKUNIN

Meu caro Marx, posso oferecer-te tabaco e chá. Temo, no entanto, que minha hospitalidade seja assas frugal, reduzido como estou, hoje, à pobreza.

MARX

Quanto a mim, continuo pobre, Bakunin. Conheço todas as formas da pobreza, e este é o pior dos males.

BAKUNIN

É a escravidão o pior dos males, Marx, e não a pobreza. Uma xícara de chá? Eu o tenho sempre pronto a ser servido. Em Londres, as locatárias são muito atenciosas; quando eu vivia em Paddington Green, havia uma empregada, Graça, que fazia todos os serviços; subia e descia as escadas o dia inteiro e uma parte da noite com água quente açucarada.

MARX

Se a classe operária, na Inglaterra, levasse uma existência lastimável, ela seria a primeira a sublevar-se.

BAKUNIN

Ela deveria... Mas o fará?

MARX

Será ela ou os alemães.

DIÁLOGO IMAGINÁRIO ENTRE MARX E BAKUNIN

BAKUNIN

Os alemães nunca se sublevarão. Morrerão antes de poder fazê-lo.

MARX

Não é uma questão de temperamento nacional, Bakunin. É uma questão de progresso industrial. Ali onde os trabalhadores possuem uma consciência de classe.

BAKUNIN

Não existe consciência de classe aqui na Inglaterra. A doméstica da qual te falei há pouco era totalmente dócil, resignada, submissa. Entristecia-me vê-la tão explorada.

MARX

Pelo que vejo, tu mesmo não deixavas de tirar proveito.

BAKUNIN

A exploração em Londres reina em toda a parte. Nessa cidade imensa, repleta de miséria, nessas ruas obscuras e sórdidas, ninguém ousaria erguer barricadas. Não, Marx, aqui não é lugar para um socialista.

MARX

Todavia, é quase o único lugar onde somos aceitos. Já vivi aqui uns 15 anos.

BAKUNIN

Lamento que não me tenhas conhecido em Paddington Green; ali permaneci por cerca de 12 meses. Ao ler tua carta na qual me anunciavas tua visita, ontem, lembrei-me de que nossos caminhos não se cruzaram mais desde as longínquas jornadas de Paris.

MARX

Tiveste de deixar Paris em 1845.

BAKUNIN

Não, em abril, antes da insurreição de Dresden, quando caí, por assim dizer, nas mãos do inimigo. Mantiveram-me na prisão por dez anos, em seguida, fui deportado para a Sibéria. Conforme sabes, consegui fugir e chegar a Londres. Agora, é-me possível ir viver na Itália. Retornarei a Florença na próxima semana.

MARX

Muito bem, você enfim poderá se deslocar.

BAKUNIN

Eu me desloco constantemente. Não sou um revolucionário discreto igual a ti. As cabeças coroadas da Europa surpreenderam-me em movimento.

MARX

As cabeças coroadas da Europa também me expulsaram de diversos países. E a pobreza obrigou-me a abandonar vários lugares.

BAKUNIN

Ah! A pobreza! Estou sempre sem um centavo, constantemente pedindo emprestado a meus amigos. Vivi uma grande parte de minha vida com dinheiro emprestado, exceto na prisão. Já tenho cinquenta anos, mas nunca penso em dinheiro; esses pensamentos são bons para os burgueses.

MARX

Tens sorte, não tens família para sustentar.

DIÁLOGO IMAGINÁRIO ENTRE MARX E BAKUNIN

BAKUNIN

Deves saber que eu vivi com uma mulher na Polônia; todavia, é certo que eu não tive filhos. Queres mais chá? Vou tomar um pouco mais. Um russo não pode viver sem chá.

MARX

E vocês russos são numerosos, russos nobres, para ser preciso. Levando em conta o temperamento de vocês, deve ser difícil penetrar na mentalidade do proletariado.

BAKUNIN

E o que tu mesmo pensas disso, Marx? Não és filho de um rico burguês, de um advogado? E tua mulher, Frelin von Westphalen, não é filha do barão von Westphalen e irmã do ministro do Interior da Prússia? Admite que essa é uma origem plebeia bem suspeita.

MARX

O socialismo precisa de intelectuais tanto quanto da classe operária. Além do mais, sofri perseguições e passei fome durante os difíceis dias de exílio.

BAKUNIN

As noites nas prisões são ainda mais intermináveis. Acostumei-me tanto à fome que quase não a sinto mais.

MARX

Creio que a pior coisa é ver os filhos morrerem de inanição.

MAURICE CRANSTON

BAKUNIN

Concordo contigo. Ser condenado à morte não é tão aflitivo quanto se poderia crer. Em um certo sentido, achei isso até divertido.

MARX

Desde que vim para Londres, vivo em quartos mobiliados sórdidos e baratos. Tive de tomar dinheiro emprestado e comprar a crédito; dei vestes como garantia para pagar meu aluguel. Minhas filhas são instruídas a responder que estou ausente quando os credores apresentam-se. Todos nós, minha mulher e eu, minhas filhas e uma velha criada, vivemos amontoados em dois quartos mal mobiliados. Tento trabalhar sobre a mesma mesa manca da qual minha mulher se serve para costurar enquanto minhas filhas brincam, e permanecemos horas sem luz por economia. Minha mulher está amiúde enferma, assim como minhas filhas; entretanto, evito chamar um médico, por não poder pagá-lo nem comprar medicamentos que ele prescreveria.

BAKUNIN

Mas, meu caro Marx, e seu colaborador Engels? Sempre pensei que...

MARX

Engels é muito generoso, mas nem sempre pode ajudar-me. Creia-me, sofri todos os tipos de infelicidades. A maior delas ocorreu-me há oito anos, quando meu filho Edouard morreu aos seis anos de idade. Francis Bacon disse que as pessoas importantes estão tão preocupadas com múltiplos negócios que elas conseguem superar suas tristezas quando sofrem semelhantes perdas. Eu, Bakunin, não faço parte dessas pessoas importantes. A

DIÁLOGO IMAGINÁRIO ENTRE MARX E BAKUNIN

morte de meu filho golpeou-me tão profundamente que hoje sinto a dor da perda como no dia de sua morte.

BAKUNIN

Se é dinheiro que te falta nesse nível, Alexandre Herzen possui em abundância. Bem amiúde tive de recorrer a ele; não vejo por que ele não poderia te ajudar também.

MARX

Herzen é um reformista burguês da espécie mais superficial. Não quero dirigir-me a certas pessoas.

BAKUNIN

Se Herzen não existisse, teu *Manifesto comunista* não teria sido traduzido para o russo há dois anos.

MARX

Uma tradução tardia, mas eu te agradeço por isso. Talvez quisesses traduzir agora *Miséria da filosofia*.

BAKUNIN

Não, caro Marx, não coloco essa obra ao lado de teus maiores escritos. Além do mais, és demasiado duro com P.-J. Proudhon.

MARX

Proudhon não é socialista. É um ignorante, um típico autodidata de baixa classe, um *parvenu* em economia, que exibe qualidades que não possui. Sua jactância charlatanesca pseudocientífica é de fato intolerável.

BAKUNIN

Admito que Proudhon é um pouco limitado, mas é cem vezes mais revolucionário do que todos os socialis-

MAURICE CRANSTON

tas doutrinários e burgueses. Ele tem a coragem de se declarar ateu. E, sobretudo, luta pela liberdade contra a autoridade, e pelo socialismo, que deve ser inteiramente livre de toda regulamentação governamental. Proudhon é um autêntico anarquista.

MARX

Em outros termos, as ideias dele são muito semelhantes às tuas.

BAKUNIN

Recebi sua influência; contudo, na minha opinião, Proudhon não vai longe o bastante. Ele hesita diante da ação e da violência. Ele não compreende que a destruição é, em si, uma forma da criação. Sou um revolucionário ativo, Proudhon é um socialista teórico, igual a ti.

MARX

Não entendo o que queres dizer por socialista teórico, Bakunin, mas eu me arrisco a afirmar que sou tão socialista ativo quanto tu.

BAKUNIN

Meu caro Marx, não insinuo nada que não seja respeitoso em relação a ti. Ao contrário, lembro-me de que fostes expulso da universidade de Bonn por causa de um duelo à pistola; reconheço que serias um soldado útil à revolução se pudesses escapar algumas vezes da biblioteca do Museu Britânico e tomar parte nas barricadas. Quando falo de ti enquanto socialista teórico, quero dizer que és um teórico do socialismo como o é Proudhon. Eu nunca poderia escrever um tratado filosófico da importância do teu e do de Proudhon. Não ultrapasso os limites do panfleto.

DIÁLOGO IMAGINÁRIO ENTRE MARX E BAKUNIN

MARX

És um homem bem educado. Não poderias escrever para o populacho como o faz Proudhon.

BAKUNIN

Com efeito, é verdade que Proudhon é filho de camponês e um autodidata, enquanto eu sou filho de um grande proprietário de terras. Adivinho o que pensas, Marx: que estudei a filosofia hegeliana na Universidade de Berlim.

MARX

Não poderias ter tido melhor formação. E de um socialista de tua cultura, poderíamos esperar algo mais que segurar um fuzil numa barricada e pôr fogo na Ópera de Dresden.

BAKUNIN

Lisonjeias-me, Marx. Pessoalmente, não fui eu que pus fogo na Ópera de Dresden. Além disso, eu não estava em Dresden como anarquista. Os fatos em questão, deves lembrar-te deles, são os seguintes: a Dieta saxônica tinha votado uma Constituição federal para a Alemanha. O rei da Saxônia não queria saber nada de unificação e tinha dissolvido a Dieta. O povo sentiu-se ultrajado e, no mês de maio daquele mesmo ano, ergueu barricadas nas ruas; os líderes do Parlamento, que eram burgueses liberais, invadiram o Palácio Consistorial e proclamaram um governo provisório.

MARX

Precisamente, penso que semelhante causa não podia inspirar um homem como tu, tão contrário a toda forma de governo.

BAKUNIN

O povo não havia pegado em armas contra o rei, apenas se sublevou. E isso já representa algo. Encontrando-me por acaso em Dresden, pus-me a serviço da revolução. Antes de tudo, eu conhecia a estratégia militar e a burguesia liberal saxônica a desconhecia por completo. Com dois oficiais poloneses, formei o estado-maior das forças insurretas.

MARX

Soldados de fortuna, não é? Todavia, não ficaste feliz.

BAKUNIN

Não, isso durou apenas alguns dias. O rei recebeu reforços prussianos e tivemos de evacuar Dresden. Conforme o disseste, alguns de nossos homens puseram fogo na Ópera. Eu era partidário de fazer explodir o Palácio Consistorial conosco lá dentro, mas, naquele momento, os poloneses desapareceram e o último dos liberais saxões quis transferir seu governo para Chemnitz. Eu não podia desertar e fui feito prisioneiro. O burgomestre de Chemnitz surpreendeu-nos no momento em questão.

MARX

Então, Bakunin, foste encarcerado por causa da unidade alemã e por ter favorecido a instauração pela força de um governo liberal burguês. Confessarás que há nisso uma certa ironia.

BAKUNIN

Eu poderia ter sido fuzilado por isso. Mas a experiência fez de mim um outro homem; eu certamente tirei proveito de teu exemplo. Não tínhamos todos as mesmas opiniões em 1848, mas agora reconheço que ias muito

DIÁLOGO IMAGINÁRIO ENTRE MARX E BAKUNIN

mais longe do que eu. Admito que a ressonância do movimento revolucionário europeu subia-me à cabeça e que eu era mais atraído pelo lado negativo da revolução do que pelo lado positivo.

MARX

Alegro-me que tenhas tirado proveito dos anos de reflexão forçada.

BAKUNIN

Todavia, há um ponto sobre o qual eu tinha razão e no qual tu te enganavas. Enquanto eslavo, eu queria a libertação do povo eslavo do jugo germânico e desejava que isso adviesse por meio de uma revolução, isto é, pela destruição dos regimes existentes na Rússia, na Áustria, na Prússia e na Turquia, e pela reorganização da vida popular de baixo para cima em completa liberdade.

MARX

Isso significa que ainda não abandonastes teu antigo pan-eslavismo. És o mesmo velho patriota russo da época de Paris.

BAKUNIN

O que entendes por "patriota russo"? Sejas franco, Marx! Ainda crês que eu seja um tipo de agente do governo russo?

MARX

Nunca acreditei nisso, e um dos motivos pelo qual aceitei hoje teu convite é precisamente para apagar a mais remota lembrança dessa infeliz suspeita.

BAKUNIN

No entanto, a calúnia foi publicada pela primeira vez na *Neue Rheinische Zeitung*, quando eras seu diretor.

MARX

Eu já te expliquei as circunstâncias. A notícia chegou-nos de nosso correspondente de Paris, que ouviu de George Sand que eras um espião russo. Em seguida, publicamos a retificação de George Sand e a tua por inteiro. Não podíamos fazer mais do que fizemos. Eu mesmo me desculpei pessoalmente.

BAKUNIN

Todavia, vocês não conseguiram dissipar esse rumor, mesmo quando fui transferido de uma prisão austríaca para uma outra da Rússia, nem mais tarde, quando fui deportado para a Sibéria. Nunca estivestes na prisão, Marx; não sabes o que é sentir-se enterrado vivo e ter de dizer a si mesmo, a toda hora do dia e da noite: "Sou um escravo, um homem acabado." Sentir-se inteiramente devotado à causa da liberdade, pronto a sacrificar-se por ela, e ver seu entusiasmo aniquilado por quatro paredes. Tudo isso é bastante duro; contudo, mais terrível ainda é, no momento de sair do cativeiro, ver-se acusado dessa calúnia infame: ser um agente do tirano que o trancafiou.

MARX

Esquece; doravante, ninguém pensa mais nisso.

BAKUNIN

Marx, essa mentira recomeça a circular aqui mesmo em Londres. Ela foi publicada num desses jornais que faz circular Denis Urquhart, um inglês amigo de vocês, lamento dizer-te.

DIÁLOGO IMAGINÁRIO ENTRE MARX E BAKUNIN

MARX

Urquhart é um monômono, ele adora tudo o que é turco e detesta tudo o que é russo, sistematicamente. Ele não tem a cabeça bem no lugar.

BAKUNIN

Entretanto, escreves em suas publicações e falas em sua tribuna, meu caro Marx.

MARX

Isso pode parecer extravagante, mas só conseguimos concordar quanto aos pontos de vista sobre Palmerston — ao menos ele o crê — e ele oferece-me publicar meus trabalhos. Trata-se de propaganda, e ele paga, como faz o *New York Tribune*. Mas estejas certo, Bakunin, de que o ressurgimento dessa acusação idiota enojou-me mais do que a ti. Asseguro-te que nunca participei dessa difusão. Sou o primeiro a deplorá-la.

BAKUNIN

Sinceramente, aceito tuas desculpas, Marx.

MARX

Há algo que devo dizer-te. Considero teu pan--eslavismo contrário aos interesses do socialismo, e ele só pode conduzir a um sinistro crescimento do poder russo na Europa.

BAKUNIN

O pan-eslavismo — quer dizer, o pan-eslavismo de-mocrático — faz parte do grande movimento europeu de libertação.

MARX

Absurdo, absurdo!

BAKUNIN

Prova-me o contrário, Marx. Justifica tua afirmação.

MARX

O apogeu do pan-eslavismo foi alcançado nos séculos VIII e IX, quando os escravos do sul ainda ocupavam a Hungria, a Áustria e ameaçavam Bizâncio. Se eles não puderam defender-se naquele momento e conservar sua independência quando seus dois inimigos, os alemães e os magiares, estavam estrangulando-se reciprocamente, como poderiam eles fazê-lo agora, após mil anos de opressão e desnacionalização? Quase todos os países da Europa têm minorias dispersas, vestígios do passado, que dão impulsão ao desenvolvimento da história. Sabias que Hegel chamava essas minorias de "folhagem étnica"?

BAKUNIN

Em outros termos, consideras esses povos como quantidades negligenciáveis, indignas do direito à vida.

MARX

Não compreendo a linguagem dos direitos. A existência desses povos é um protesto contra a história e, por isso, eles são sempre reacionários. A prova: os guardas das galeras da Escócia; os defensores dos Stuarts de 1640 a 1745; os bretões da *chouannerie*,[1] partidários dos Bourbons de 1792 a 1800. Ou então os bascos na Espanha ou com a Áustria em 1848. Quem fez a revolução? Os alemães e os magiares. E quem forneceu as armas e permitiu aos

---

[1] Insurreição dos *chouans* (insurretos realistas que lutaram contra os republicanos na Guerra da Vendeia). [N. do T.]

DIÁLOGO IMAGINÁRIO ENTRE MARX E BAKUNIN

austríacos reacionários esmagar a revolução? Os eslavos. Eles atacaram os italianos, entraram como um tornado em Viena e restauraram a monarquia dos Habsburgos. Os eslavos os mantiveram no poder.

BAKUNIN

Sim, mas eram os eslavos do exército do imperador. Sabes muito bem que o movimento pan-eslavo é democrático e formalmente oposto aos Habsburgos, aos Romanov e aos Hohenzollern.

MARX

Sim, eu li os manifestos de vocês. Sei o que *gostariam* de obter.

BAKUNIN

Então estais informado quanto ao que proponho: a abolição de todas as fronteiras artificiais da Europa e a criação dos limites traçados pela vontade soberana dos próprios povos.

MARX

Isso soa muito bem; contudo, ignoras simplesmente os verdadeiros obstáculos que se erguem diante de cada um desses planos: os níveis completamente diferentes de civilização que os diversos povos europeus alcançaram.

BAKUNIN

Eu sempre levei em conta as dificuldades, Marx. Sustentei que a única maneira de superá-las é pela prática de uma política federativa. O eslavo não é inimigo dos alemães e dos magiares democratas. Ele oferece-lhes uma aliança fraterna embasada na liberdade, na igualdade e na fraternidade.

> MARX

Meras palavras; falta-lhes sentido diante dos fatos e os fatos são tão simples quanto brutais. À exceção de tua raça e a dos poloneses, talvez os eslavos da Turquia, os outros eslavos não têm futuro, porque lhes faltam qualidades indispensáveis à independência histórica, geográfica, econômica, política e industrial. Em suma, falta-lhes civilização.

> BAKUNIN

E os alemães possuem civilização? Acreditas que a grande civilização dá direito aos alemães de dominar a Europa e cometer crimes contra os outros povos?

> MARX

Que crimes? Em vão esforcei-me para consultar a história e creio que o único delito cometido pelos alemães e pelos magiares contra os eslavos foi o de impedi-los de converter-se em turcos.

> BAKUNIN

Bem, meu caro Marx, eu sempre disse da Alemanha o que Voltaire dizia de Deus: se ele não existisse, seria preciso inventá-lo. Não há nada de mais eficaz para manter vivo o pan-eslavismo do que o ódio pela Alemanha.

> MARX

Eis outra prova de que teu infeliz pan-eslavismo é reacionário. Ele ensina o ódio contra os alemães e não contra seu verdadeiro inimigo: a burguesia.

> BAKUNIN

Ambos caminham juntos: foi o progresso que fiz desde o nacionalismo puro de minha juventude. Hoje

DIÁLOGO IMAGINÁRIO ENTRE MARX E BAKUNIN

sustento que a liberdade é uma mentira para a grande maioria dos povos enquanto forem privados de liberdade, lazer e pão.

MARX

Como sabes, Bakunin, considero-te um amigo e não hesito considerar-te socialista, malgrado...

BAKUNIN

Malgrado o quê?

MARX

Enfim, sempre deprecias o que denomino política.

BAKUNIN

É verdade, o parlamento, os partidos, as assembleias constituintes e as instituições representativas não me interessam. A humanidade necessita de algo mais elevado: um novo mundo sem leis e sem Estado.

MARX

A anarquia.

BAKUNIN

Sim, a anarquia. Devemos derrubar o conjunto político e a ordem moral do mundo atual. Devemos mudá-lo de cima a baixo: é uma quimera crer que se pode modificar as instituições existentes.

MARX

Não quero modificá-las; digo simplesmente aos trabalhadores que eles devem apoderar-se delas.

BAKUNIN

Elas deveriam ser completamente abolidas. O Estado corrompe tanto nossos instintos e nossa vontade quanto nossa inteligência. O princípio fundamental de todo socialismo válido é destruir a sociedade.

MARX

Chamo isso de uma curiosa definição de socialismo.

BAKUNIN

As definições não têm importância para mim; nisso diferimos completamente. Não penso que um sistema pré-fabricado qualquer possa salvar o mundo. Não tenho sistema. Sou um investigador. Creio tanto no instinto quanto no pensamento.

MARX

Mas nunca serás socialista se não tiveres uma política.

BAKUNIN

Então tenho uma. E se ter uma política significa predispor as coisas ponto por ponto, eu te direi qual é meu programa: em primeiro lugar, abolir as leis fabricadas pelos homens.

MARX

Não podes suprimir as leis. Todo o universo é governado por leis.

BAKUNIN

Naturalmente, não podemos suprimir as leis naturais, estou de acordo contigo. Os homens podem aumentar sua liberdade estendendo seu conhecimento das leis naturais que regem o universo. O homem não pode igno-

DIÁLOGO IMAGINÁRIO ENTRE MARX E BAKUNIN

rar a natureza, e tal proposição seria absurda. Não é isso que proponho: digo que deveríamos suprimir as leis feitas pela mão do homem, as leis artificiais. Em outros termos, as leis políticas e jurídicas.

MARX

Não podes seriamente pretender que a sociedade não deva impor leis a seus próprios membros.

BAKUNIN

A sociedade não precisa impor leis. O homem é, por sua natureza, um ser sociável. Fora da sociedade ele pode ser um animal ou um santo. Há leis na sociedade capitalista porque ela é competitiva e opõe frontalmente o homem contra o homem. A liberdade só será possível quando todos os homens forem iguais, razão pela qual não pode haver liberdade sem socialismo.

MARX

Nisso estou completamente de acordo contigo.

BAKUNIN

Dizes concordar comigo, Marx, mas quando afirmo que não pode haver liberdade sem socialismo, também entendo e ressalto que o socialismo sem liberdade é escravidão e brutalidade.

MARX

Nunca defendi o socialismo sem liberdade.

BAKUNIN

Claro que sim. Defendes a ditadura do proletariado.

MARX

A ditadura do proletariado é ao mesmo tempo uma parte da liberdade e uma parte do processo de libertação.

BAKUNIN

Quando falo de liberdade, penso na única liberdade digna desse nome: a liberdade que consiste no pleno desenvolvimento de todas as potências materiais, intelectuais e morais existentes no homem; uma liberdade que não reconhece outras restrições senão aquelas que nos são traçadas pelas leis de nossa própria natureza. Defendo uma liberdade que, longe de deter-se como que diante de um limite ante a liberdade alheia, ao contrário, confirma-se e amplia-se pela liberdade de todos. Desejo uma liberdade triunfante sobre a força brutal e o princípio de autoridade.

MARX

Entendo bem tuas palavras, mas ignoro a significação que atribuis a elas. Digo-te de imediato, bem claramente, que nunca conseguirás apressar o advento do socialismo ou realizar algo de substancial, em termos políticos, sem partir do princípio de autoridade.

BAKUNIN

O socialismo necessita do princípio da disciplina e não da autoridade. Não a disciplina imposta de fora, mas uma disciplina voluntária e ponderada, que o homem impõe a si mesmo e que se harmoniza perfeitamente com o princípio de liberdade.

MARX

Ao que parece, não extraístes grande coisa da experiência de tuas revoltas, Bakunin. Esses movimentos não

DIÁLOGO IMAGINÁRIO ENTRE MARX E BAKUNIN

podiam afirmar-se sem o princípio de autoridade. São necessários capitães, até para os exércitos do anarquismo.

BAKUNIN

Naturalmente, no momento da ação militar, em plena batalha, os papéis dividem-se naturalmente, segundo as aptidões de cada um; alguns homens dirigem e comandam e outros executam as ordens. Mas nenhuma função deve permanecer fixa e petrificada. Não existe ordem hierárquica: o comandante de hoje deve se transformar amanhã em subordinado. Ninguém se eleva acima dos outros e, se é preciso fazê-lo por algum tempo, é para tornar a descer em seguida, como as ondas do mar, ao salutar nível da igualdade.

MARX

Pois bem, Bakunin, se admites que a direção e o comando são necessários durante a batalha, poderemos, talvez, entrar em acordo sobre o resto. Eu sempre sustentei que a ditadura do proletariado só será necessária durante os primeiros tempos do socialismo. Assim que a sociedade sem classes tiver adquirido maturidade, o Estado poderá desaparecer. Para empregar uma expressão de meu colaborador Engels: "o Estado se esvaziará".

BAKUNIN

Não vejo vestígio de esvaziamento do Estado no *Manifesto comunista* que tu e Engels escreveram. É um engenhoso panfleto que eu não teria traduzido se não o tivesse apreciado como tal. Todavia, de fato, sobre os dez pontos do programa socialista descrito por vocês nessas páginas, há pelo menos nove que preconizam o reforço do Estado: o Estado deve possuir todos os meios de produção, controlar o comércio e o crédito, impor o trabalho forçado e receber os impostos, monopolizar a terra, dirigir os transportes e as comunicações e reger as escolas e as universidades.

MARX

Se não aceitas esse programa, é porque não queres o socialismo.

BAKUNIN

Mas isso não é o socialismo, Marx! É a forma mais pura do estatismo, do Estado elefantino dos alemães, inseparável da guilhotina. Socialismo significa controle da indústria e da agricultura pelos próprios trabalhadores.

MARX

Um Estado socialista é um Estado proletário. Ambos devem controlar diretamente o todo.

BAKUNIN

Eis a típica ilusão burguesa, a ilusão democrática que sustenta que o povo pode controlar o Estado. Na prática, é o Estado que controla o povo e, quanto mais forte é o Estado, mais ampla é sua dominação. Observa o que se passa na Alemanha: à medida que o Estado se reforça, toda a corrupção que acompanha a política centralista seduz o público que, no entanto, é considerado como o mais honesto do mundo. Devemos acrescentar ainda que o monopólio capitalista progride à mesma cadência que o Estado prospera.

MARX

O crescimento do monopólio capitalista prepara o caminho para chegar ao socialismo. A razão pela qual a

DIÁLOGO IMAGINÁRIO ENTRE MARX E BAKUNIN

Rússia está tão distante do socialismo reside no fato de que ela mal começa a sair do feudalismo.

BAKUNIN

O povo russo está mais próximo do socialismo do que pensas, meu caro Marx. Na Rússia, os trabalhadores têm uma tradição revolucionária particular e, para a libertação da espécie humana, um grande papel lhe será atribuído. A revolução russa tem profundas raízes na alma do povo: no século XVII, os camponeses sublevaram-se no sudeste e, no século XVIII, Pugatchev liderou uma revolta camponesa no vale do Volga, que durou dois anos. Os russos não rejeitam a violência, eles sabem que o fruto do progresso humano está manchado de sangue. Também não recuam diante do fogo: o incêndio de Moscou que foi o ponto de partida da retirada do Grande Exército, é um fato originalmente russo. São as fogueiras sobre as quais a raça humana deve purgar-se das escórias da escravidão.

MARX

Meu amigo, o que acabas de dizer é muito dramático, mas a questão concreta é que o socialismo depende da formação de uma consciência de classe no proletariado e isso só podemos esperar nos países altamente industrializados tais como a Inglaterra, a Alemanha, a França. Os camponeses são menos organizados e, de todas as classes sociais, os menos aptos a fazer a revolução. Eles são mais retrógrados do que o "lumpemproletariado" (os indigentes e o populacho das cidades), são puros bárbaros, trogloditas.

BAKUNIN

Eis onde reside nosso profundo desacordo, Marx. Para mim, a fina flor do proletariado não é, como o crês, os operários das fábricas, quaisquer que sejam suas capacidades; eles são, quase sempre, semiburgueses ou aspirantes a sê-lo. Conheci vários desses no movimento operário na Suíça e posso assegurar-te que eles são todos impregnados de todos os preconceitos sociais, de todas as aspirações mesquinhas da classe média. Os técnicos são os menos socialistas de todos os trabalhadores. No meu modo de ver, Marx, a elite do proletariado é a grande massa, a plebe, os milhões de desgraçados e iletrados ridicularizados por ti, e que denominas com desdém "lumpemproletariado".

MARX

Creio que não aprofundastes o conceito de proletariado. O proletariado não são os pobres; sempre houve pobres. O proletariado é algo de novo na história. Não é a pobreza nem o infortúnio que tornam os homens proletários, é sua cólera contra a burguesia, é sua dignidade, sua coragem e sua resolução de querer pôr fim à sua condição. O proletariado se forma apenas quando a indignação, a consciência de classe associam-se à pobreza. O proletariado é a classe de finalidade revolucionária, a classe que aspira à destruição de todas as classes, a classe que não pode emancipar-se a si mesma sem emancipar o conjunto da espécie humana.

BAKUNIN

O teu socialismo não elimina as classes, Marx, mas cria duas: a dos dirigentes e a dos dirigidos! Ele exigirá um governo com muito mais funções a realizar do que essa que ele, em geral, atribuiu-se até o presente, e será o povo que será governado. De um lado, a extrema-esquerda da "intelligentsia", a mais despótica, a mais arrogante classe de pessoas que possa existir, desejará comandar em nome da experiência; do outro lado, haverá a simples e ignorante massa, que deverá obedecer.

MARX

Os legisladores e os administradores do Estado socialista serão os representantes do povo.

BAKUNIN

Mais uma ilusão liberal essa, que sustenta que um governo emanado de uma consulta eleitoral pode representar a vontade do povo. Até mesmo Rousseau negava todo crédito a essa afirmação. As intenções instintivas das elites governamentais estão sempre em oposição com os fins instintivos do homem da rua. Julgando a sociedade de sua posição elevada, é raro que os governos consigam evitar atos de autoridade e dominação.

MARX

A falência da democracia é consequência do monopólio das instituições políticas açambarcado pelo poder financeiro da burguesia.

BAKUNIN

A pseudodemocracia socialista seria viciada por outras pressões. Um parlamento composto exclusivamente de trabalhadores — os mesmos trabalhadores e os mesmos dirigentes socialistas de hoje — se transformaria da noite para o dia num parlamento aristocrático; sempre foi assim. Envia os extremistas para ocupar os cargos do Estado e eles se converterão em conservadores.

MARX

Há razões para isso.

BAKUNIN

A principal razão é que o Estado democrático é um contrassenso. Por sua natureza, o Estado é autoridade, força, dominação e, por consequência, desigualdade. A democracia, por definição, é igualdade, portanto, democracia e Estado não podem coexistir. Proudhon nunca foi tão clarividente quanto no momento em que afirmou que o sufrágio universal é contrarrevolucionário.

MARX

Eis uma evolução realmente indicativa da mentalidade jornalística de Proudhon. É verdade que os trabalhadores estão demasiado amiúde às voltas com a miséria e facilmente influenciados pela propaganda da burguesia para poder fazer bom uso de seu voto, mas o sufrágio universal pode ser utilizado para fins socialistas. Podemos entrar na política e fazer o que é reputado democrático. Não podemos realizar todos os nossos objetivos com nossa entrada no parlamento, no entanto, ao menos uma parte deles.

BAKUNIN

Nenhum Estado, nem mesmo uma república tingida do vermelho mais rutilante, poderá dar ao povo o que ele mais precisa: a liberdade. Todos os Estados, inclusive teu Estado socialista, caro Marx, estão embasados na força.

MARX

Que outro meio poderíamos empregar?

DIÁLOGO IMAGINÁRIO ENTRE MARX E BAKUNIN

BAKUNIN

A educação, o conhecimento.

MARX

Falta instrução ao povo.

BAKUNIN

Ele pode ser educado.

MARX

E quem, então, poderá educá-lo senão o Estado?

BAKUNIN

A sociedade deve educar-se a si mesma. Infelizmente todos os governos do mundo deixaram o povo em tal estado de ignorância que seria preciso abrir escolas não apenas para as crianças, como também para os adultos. Essas escolas deveriam ser livradas de todo vestígio do princípio de autoridade. E não falo de escolas no sentido convencional da palavra, mas de academias populares onde os alunos, ricos de experiência, estariam, às vezes, em condições de ensinar a seus próprios mestres. Desse modo, uma espécie de fraternidade intelectual se desenvolveria entre eles.

MARX

Em fim de contas, admites duas categorias, de mestres e professores. Não creio que o ensino constitua um grande problema, uma vez instaurada a sociedade socialista.

BAKUNIN

Sim, o primeiro problema é a emancipação econômica; o resto virá por si só.

MARX

Nada virá por si só, e será o Estado socialista que deverá determinar a sequência. Toda a experiência histórica está aí para demonstrá-lo: as pessoas mais evoluídas da Europa hoje — os franceses e os alemães — devem sua educação a um sólido sistema estatal que dirige a instrução pública. Nos países onde o Estado não se preocupa com a educação escolar, o povo é irremediavelmente analfabeto.

BAKUNIN

Na Inglaterra, as grandes faculdades e as universidades escapam ao controle do Estado.

MARX

Todavia, o que é pior, elas estão nas mãos da Igreja anglicana, que, por sinal, faz parte do Estado.

BAKUNIN

As faculdades de Oxford e Cambridge são regidas por sociedades independentes e tradicionais.

MARX

Não conheces nada da vida inglesa, Bakunin. As duas faculdades foram radicalmente reformadas por leis que emanaram do Parlamento. O Estado teve de intervir para salvá-las da completa decadência intelectual, mas, malgrado isso, elas ainda são atrasadas se as compararmos com as universidades alemãs.

BAKUNIN

No entanto, sua existência demonstra que é possível, para os alunos, controlar suas próprias faculdades. E não há razão para supor que os trabalhadores não poderiam

DIÁLOGO IMAGINÁRIO ENTRE MARX E BAKUNIN

administrar suas terras ou suas fábricas pelo mesmo procedimento.

MARX

Virá um dia, com certeza, em que assim será; contudo, enquanto aguardamos, um Estado operário deverá ocupar o lugar dos proprietários burgueses.

BAKUNIN

É precisamente aí onde divergimos, Marx. Crês que é preciso organizar os trabalhadores para a conquista do Estado, enquanto eu, ao contrário, quero organizá-los para destruir o Estado, ou então, se preferires, liquidá-lo. Queres utilizar as instituições políticas e eu gostaria que o povo pudesse federar-se livre e espontaneamente.

MARX

O que entendes por federar-se espontaneamente?

BAKUNIN

O trabalho se organizará por si só. Associações de produtores com base no apoio mútuo se constituirão por distrito e esses distritos se associarão livremente com unidades mais extensas; todo o poder virá da base.

MARX

Projetos desse gênero são completamente quiméricos. É uma cópia dos falanstérios e a vigésima edição da *Nova Jerusalém*, proposta pelos socialistas utópicos. São projetos discordantes mas, infelizmente, perigosos porque introduzem no socialismo uma noção bastarda, ilegítima, que pode tomar o lugar da verdadeira solução, provocando uma distração na atenção dos homens no imediato; seu efeito é conservador e reacionário.

BAKUNIN

Se há uma censura que não podes realmente dirigir-me, Marx, é a de me dizer que eu desvio a atenção dos homens da luta imediata. Além do mais, penso como tu que existem apenas dois partidos no mundo: o partido da revolução e o da reação. Os socialistas pacifistas, com suas sociedades cooperativas e seus povos-modelos, pertencem ao partido da reação. O partido da revolução, infelizmente, já está dividido em duas facções, os campeões do Estado socialista, que representas, e os socialistas libertários, dos quais faço parte. Tua facção tem numerosos partidários, naturalmente, na Alemanha e mesmo aqui, na Inglaterra. Mas os socialistas na Itália e na Espanha são todos libertários. O problema que se coloca é o seguinte: que tendência prevalecerá no movimento operário internacional?

MARX

A tendência verdadeiramente socialista, creio, e não a cooperação anarquista.

BAKUNIN

Chamas verdadeiro, puro, teu socialismo porque te enganas quanto à natureza da ditadura popular. Não te dás conta do perigo que pode haver em instaurar uma nova escravidão seguindo as pegadas de outros Estados.

MARX

Supões que, porque o Estado sempre foi o instrumento da classe dominante, isso deve continuar eternamente. Não é possível imaginar a existência de uma classe diferente do Estado?

DIÁLOGO IMAGINÁRIO ENTRE MARX E BAKUNIN

BAKUNIN

Podemos imaginar um Estado de tal forma diferente que ele não mais responderia por esse nome. Por exemplo, podemos pensar no sistema proposto por Proudhon: um simples *bureau* de negócios, um banco de liquidação central a serviço da sociedade.

MARX

Será, creio, a forma que assumirá em definitivo uma sociedade socialista. Chegará um dia em que o governo do povo cederá o lugar à administração das coisas, mas antes que o Estado desapareça, deverá ser reforçado.

BAKUNIN

Isso é não apenas paradoxal, mas contraditório.

MARX

O que queres? É assim! Conheces Hegel como eu e sabes que a lógica da história é a lógica das contradições. O que se afirma pode ser negado.

BAKUNIN

O argumento é válido enquanto hegeliano, mas ele nada vale historicamente falando. Nunca conseguirás destruir o Estado reforçando-o. Sou teu discípulo, Marx; quanto mais o tempo passa, mais estou certo de que tens razão de abrir a marcha pela grande via da revolução econômica, chamando todos nós a seguir teus passos. No entanto, nunca consegui compreender e aceitar teus projetos autoritários.

MARX

Se és anarquista, não podes ser meu discípulo; contudo, talvez fosse preferível examinar os detalhes de teu

MAURICE CRANSTON

erro. Em primeiro lugar, tu te referes ao princípio de autoridade como se este, em todo lugar e em toda circunstância, fosse errôneo. É um ponto de vista superficial. Vivemos numa era industrial; as fábricas modernas, onde centenas de trabalhadores dirigem máquinas complicadas, afastaram da competição os modestos laboratórios dos artesãos. Mesmo a agricultura será dominada em pouco tempo pela máquina. A ação mútua combinada rejeita a ação individual independente; ação combinada significa organização, e organização implica autoridade. No mundo medieval, o pequeno artesão podia ser seu patrão, todavia, no mundo moderno, direção e subordinação são necessárias. Se tu te propões a resistir a todo gênero de autoridade, condenas-te a viver no passado.

BAKUNIN

Não quero resistir a qualquer gênero de autoridade, Marx. Em matéria de calçados, por exemplo, respeito a autoridade do sapateiro; se se tratar de construção, a do arquiteto; para a saúde, fio-me na autoridade do médico. Todavia, não posso permitir ao sapateiro, ao arquiteto ou ao médico que exerçam sua autoridade sobre mim. Aceito seus conselhos amigavelmente; respeito sua experiência e seus conhecimentos, mas me reservo o direito de crítica e censura. Não me contento com consultar uma única autoridade; consulto várias delas e confronto seus pontos de vista; não considero ninguém infalível. Reconheço que não posso saber tudo, ninguém pode saber tudo; o homem onisciente e universal não existe. Minha razão impede-me de aceitar uma autoridade fixa, constante e universal.

DIÁLOGO IMAGINÁRIO ENTRE MARX E BAKUNIN

MARX

Mas se suprimisses a autoridade na vida econômica e política, nada funcionaria. Por exemplo, como poderiam andar os trens se não houvesse alguém investido de poderes para estabelecer as linhas, se não existisse alguém para decidir a que horas os trens deveriam partir, ninguém para compor os horários e evitar os acidentes?

BAKUNIN

Os ferroviários podem muito bem designar eles próprios os agentes para todas essas funções e, da mesma forma, obedecer livremente às instruções necessárias. Segundo teu gênero de socialismo, Marx, imagino sem dificuldade que os condutores de locomotivas arcaicas colocariam as máquinas em movimento para uma nova classe de viajantes privilegiados, os administradores do Estado socialista, com um charuto imponente entre os lábios, nos vagões de primeira classe.

MARX

Escuta, Bakunin, não sou mais amante do Estado do que tu. Todo autêntico socialista admite o desaparecimento do Estado tão logo o triunfo do socialismo o torne inútil. No entanto, queres que o Estado político desapareça bruscamente, deixando os trabalhadores sem nenhuma espécie de direção, disciplina ou controle. O nó da questão é que faltam a vocês, anarquistas, planos para o futuro.

BAKUNIN

É precisamente porque não podemos prever com exatidão o que será o futuro que eu desconfio dos planos detalhados. Quando os instintos egoístas cederem lugar à fraternidade, creio que os problemas técnicos de produ-

MAURICE CRANSTON

ção e distribuição serão resolvidos de comum acordo e com a boa vontade do povo.

MARX

Tuas dúvidas, Bakunin, são em parte psicológicas e em parte de ordem moral. E também são intelectuais. Erras quando crês que o Estado criou o capital. Isso acentua o simplismo de teu ponto de vista. Crês que basta afastar o obstáculo do Estado para que o capitalismo desapareça automaticamente. A verdade é outra bem diferente: suprimamos o capital, suprimamos a concentração dos meios de produção nas mãos de alguns privilegiados e o Estado não tardará a deixar de ser nocivo.

BAKUNIN

O mal reside na verdadeira natureza do Estado; todos os Estados são a negação da liberdade.

MARX

Adotando uma posição extremada com relação ao Estado, comprometes em muito a causa dos trabalhadores; serves-te de tua influência, Bakunin, para aconselhar aos operários a abstenção às eleições.

BAKUNIN

Faço melhor do que aconselhá-los à abstenção; eu os encorajo à luta.

MARX

Tu os leva a lutar com a incerteza da vitória, e é um outro tipo de responsabilidade. Aludi a teus erros de ordem moral; um deles consiste em tua falta de calma. Tu te comprazes na guerrilha de barricadas mesmo por causas nas quais não crês, e isso para satisfazer tua inclinação

DIÁLOGO IMAGINÁRIO ENTRE MARX E BAKUNIN

inveterada para a ação violenta, por pura excitação. Desdenhas da verdadeira atividade política porque ela exige paciência, ordem e reflexão.

BAKUNIN

Dedico toda a minha vida à atividade política.

MARX

Dedicas tua vida à conspiração política, e não é a mesma coisa.

BAKUNIN

Eu passo toda a minha vida entre os operários: organização, propaganda, educação.

MARX

Educação? Para quê?

BAKUNIN

Para a revolução. Não posso conceber que os trabalhadores desperdicem a energia deles nas falaciosas instituições representativas de tipo governamental.

MARX

Compreendo que tais ideias possam encontrar adeptos na Itália e na Espanha, entre advogados, estudantes e outros intelectuais, mas os trabalhadores não desejarão permanecer estranhos aos problemas políticos de seus países. Dizer aos trabalhadores para abster-se de fazer política é levá-los para os braços dos padres e dos burgueses republicanos.

BAKUNIN

Meu caro Marx, se lestes o que escrevi, sabes que sempre combati com vigor a Igreja e os republicanos. Tuas opiniões são bem mais moderadas do que as minhas.

MARX

Meu amigo, nunca coloquei em dúvida tua sincera aversão aos padres e aos republicanos, mas não compreendes que, malgrado tua vontade, fazes causa comum com eles.

BAKUNIN

Estás brincando, caro Marx.

MARX

Não, falo seriamente. Examinemos tua propaganda pela liberdade. Está claro que a única liberdade na qual tu crês é a liberdade individual; de fato, trata-se da mesma liberdade invocada pelos teóricos burgueses como Hobbes, Locke e Mill. Quando pensas na liberdade, consideras que ninguém deve ser comandado por quem quer que seja. Concebes cada homem separadamente em posse de seus próprios direitos ameaçados pelas instituições sociais e coletivas tais como o Estado. Nunca consegues pensar, como todo autêntico socialista pensa, no conjunto da humanidade ou no homem enquanto ser inseparável da sociedade.

BAKUNIN

Uma vez mais, Marx, provas que não me escutastes e que não compreendestes o que eu quis te dizer.

DIÁLOGO IMAGINÁRIO ENTRE MARX E BAKUNIN

MARX

Creio te ter compreendido melhor do que tu mesmo te compreendes. Ao recusar conceber o Estado de outra forma, diferente de um instrumento de opressão, demonstras tua incapacidade para conceber o homem de maneira diferente de uma unidade isolada, cada um com sua vontade, seus próprios interesses e seus desejos. É o que creem os teóricos do pensamento liberal burguês e vocês, anarquistas, têm a mesma concepção do ser humano na sociedade. O anarquismo de vocês é puro liberalismo levado ao extremo, histericamente levado ao extremo. A filosofia de vocês é essencialmente egoísta, vocês têm uma concepção do eu, e da liberdade do eu, muito próxima da metafísica do capitalismo.

BAKUNIN

A metafísica não me interessa.

MARX

No entanto, de qualquer lado que o abordes, o anarquismo desemboca em conclusões metafísicas. Vocês têm a mesma ética, muito semelhante à moral cristã: "Apoio mútuo", ouvímo-los repetir, o que, em termos convencionais cristãos, poderia ser traduzido por "Ama teu próximo, sacrifica-te pelos outros". O verdadeiro socialismo não necessita de preceitos, visto que não reconhece o isolamento do indivíduo. Numa sociedade socialista, o homem não pode estar separado de seu vizinho ou de si mesmo.

BAKUNIN

Tendo em vista que o Estado é a causa dessa separação, é evidente que só há uma solução: eliminar o Estado.

MARX

Mas não podemos eliminá-lo enquanto não tivermos mudado as condições que fazem do Estado uma excrescência necessária da sociedade.

BAKUNIN

Assim que os trabalhadores tiverem bastante força para afastá-lo, o Estado cessará de ser necessário.

MARX

Então admites que ele é hoje uma necessidade?

BAKUNIN

Ele é necessário para uma sociedade embasada na propriedade privada. Quando a propriedade privada for distribuída pelo triunfo do socialismo...

MARX

Um socialismo preocupado com a redistribuição da propriedade é um autêntico modelo de vulgaridade. Vamos, Bakunin, não és daqueles que pensam que o socialismo consiste numa livre repartição individual.

BAKUNIN

Esse é, sem dúvida alguma, um de seus objetivos.

MARX

Meu amigo, as finalidades do socialismo são muito mais radicais. Ele se propõe operar uma completa transformação da natureza humana, uma transformação do eu, a criação do novo homem, a vontade individual fundida na sociedade, cada um estando liberado de seu próprio isolamento. Dizes que teu objetivo é a liberdade: o soci-

DIÁLOGO IMAGINÁRIO ENTRE MARX E BAKUNIN

alismo dar-nos-á uma liberdade, por assim dizer, desconhecida nas experiências passadas da espécie humana.

BAKUNIN

Fazes da vida algo demasiado misterioso.

MARX

E tu a reduzes a algo demasiado pequeno. Contemplas o mundo, Bakunin, e imaginas que uma certa parte é livre e a outra oprimida.

BAKUNIN

Não imagino nada: é a realidade. A minoria é livre: são os ricos.

MARX

Devo dizer-te que ninguém é livre no mundo atual, nem mesmo os mais ricos burgueses. Moralmente falando, o capitalista, enquanto homem, é tão escravo do sistema quanto o são os trabalhadores. E é o que nos permite afirmar que, em honra à verdade, a emancipação do proletariado representa a emancipação da espécie humana.

BAKUNIN

Mas a substância permanece: o rico pode fazer o que lhe apraz, enquanto ao pobre falta o necessário.

MARX

Entretanto, a escolha do rico é dirigida e atenuada por causa de sua cultura, de seus preconceitos burgueses e do sistema que nega o livre querer de cada um. Além do mais, a isso soma-se a mesquinha teoria da liberdade definida pelo "faz o que te apraz".

BAKUNIN

Isso é sempre melhor que a teoria definida pelo "faz o que deves fazer", que é o que dizem os padres: a liberdade perfeita é servir a Igreja. Ou o que diz Hegel: a liberdade perfeita é obedecer o Estado. Pessoalmente, prefiro a noção humana cheia de liberdade que significa o "faz o que te apraz".

MARX

Definistes a liberdade como sendo a plena realização das possibilidades existentes no homem. Eis o que é mais próximo do socialismo: o ser socialista será livre à medida que o homem for transformado.

BAKUNIN

Mas se não é permitido ao homem desenvolver-se, o que é melhor nele não poderá manifestar-se.

MARX

Em termos burgueses e liberais, estás traindo tua filosofia liberal burguesa. Mas não é o que dizem Adam Smith e seus acólitos? Abandonem os homens a si mesmos e eles darão o que têm de melhor; o que se concretiza na famosa frase: "Deixem fazer...".

BAKUNIN

Queres continuar a ignorar o fato de que os liberais agarram-se na propriedade privada e na competição econômica, enquanto eu sustento, ao contrário, que tudo deve ser colocado em comum.

MARX

Mas se partes do princípio que cada homem deve contar com seu próprio e precioso direito privado à liber-

DIÁLOGO IMAGINÁRIO ENTRE MARX E BAKUNIN

dade irredutível, chegarás à conclusão de que sempre haverá pessoas que desejarão subtrair algo do bem comum, reivindicando-o como se fosse seu. Vocês não podem ter, ao mesmo tempo, a liberdade individual completa sem reivindicar a propriedade individual. O que responderiam ao homem que reivindicasse o direito à propriedade? E o que fariam, desprovidos de um Estado ou de um outro instrumento de autoridade socialista capaz de impor obediência aos recalcitrantes e aos antissociais?

BAKUNIN

Tu mesmo, Marx, afirmaste que o homem socialista seria mudado, que ele abandonaria seus impulsos egoístas antinaturais e os hábitos herdados da sociedade burguesa.

MARX

Meu homem socialista será transformado, Bakunin, mas não reconheço de modo algum *teu* homem socialista. Concebes os homens enquanto indivíduos, cada um tendo seu pequeno império de direitos. Eu, ao contrário, penso na humanidade em seu conjunto. A liberdade, conforme a concebo, é a libertação da espécie humana, não a liberdade do indivíduo.

BAKUNIN

É uma vez mais o ponto de vista de Hegel sobre a liberdade: agir livremente significa agir moralmente, e agir moralmente significa agir em consonância com a razão de Estado.

MARX

Hegel não se enganava. Só um ser racional pode ser livre, porque só um ser racional está em condições de decidir diante de uma alternativa. Uma escolha irracional não é uma decisão livre. Agir livremente é agir racionalmente, e agir racionalmente implica o conhecimento das necessidades da natureza e da história. Não há, em verdade, antítese entre necessidade e liberdade.

BAKUNIN

Não estamos discutindo o livre-arbítrio, Marx; falamos da liberdade política. Não há nisso nenhuma complicação metafísica. A liberdade política depende da supressão da opressão política, e não é necessário ser iniciado na filosofia para constatar essa evidência. Uma criança de nove anos pode observar o mundo e discernir o opressor do oprimido.

MARX

E uma criança de nove anos também poderia supor que a situação não se resolveria bruscamente ao suprimirmos o Estado. Ela poderia igualmente converter-se ao anarquismo, contudo, tendo em vista sua idade, perdoaria-se com facilidade... essa loucura.

BAKUNIN

Há uma loucura filosófica como também há uma loucura infantil. Todo o teu raciocínio abstrato sobre a liberdade só pode conduzir ao ponto onde chegaram Rousseau e Hegel: a convicção de que os homens podem ser livres sob imposição.

MARX

É verdade, podemos obrigar os homens a serem livres, no sentido em que se pode obrigá-los a agirem racionalmente ou, em todo o caso, evitando que ajam de modo desatinado.

DIÁLOGO IMAGINÁRIO ENTRE MARX E BAKUNIN

BAKUNIN

Uma liberdade imposta não é digna desse nome.

MARX

É a realidade que importa, e não os homens.

BAKUNIN

Pois bem, eis a realidade! Se admites obrigar os homens a serem livres, pensas forçosamente em duas classes de indivíduos: os que coagem e os que sofrem a coação. Estamos, pois, diante dos dois tipos de homens que compõem a sociedade — supostamente sem classes — do socialismo autoritário: os dirigentes e os dirigidos, os que estão entronizados no alto e os que estão embaixo.

MARX

Por hipótese, certas pessoas devem ser superiores a outras. Assim, repito, uma sociedade socialista deve ser regulamentada, sobretudo em seu começo. A alternativa é a seguinte: a torre de Babel, um mundo no qual ninguém sabe o que deve fazer ou esperar, um mundo sem ordem e segurança; ou então, a confiança numa ordem estável. Anarquia significa caos, e o caos me causa horror. Se o caos te atrai é porque és sensível ao encanto luxurioso da vida de boêmio. Após a rigidez de tua vida durante a tua juventude, no seio de uma família privilegiada e nas escolas militares, compreendemos que a desordem te pareça atraente.

BAKUNIN

Falas, Marx, de "socialismo vulgar", mas tu mesmo tens uma noção vulgar do que seja o anarquismo. Para os espíritos não preparados, o vocábulo "anarquia" significa precisamente caos e desordem, mas um homem ins-

MAURICE CRANSTON

truído deve saber que essa palavra é uma tradução foné-
tica do grego que quer dizer simplesmente oposição ao
governo. Crer que a ausência de governo significa caos e
desordem é pura superstição. As nações mais ordenadas
da Europa, atualmente, não são aquelas onde o governo
atua com mais força em relação aos cidadãos. Ao contrário, são aquelas onde essa coação é ínfima. Não compreendo o que queres dizer quando falas da vida de boêmio.
Não me sinto de modo algum atraído pela desordem.

MARX

Falas veementemente de sangue, fogo, destruição.

BAKUNIN

Puro zelo pela batalha. Eu sou, talvez, mais impaci-
ente do que tu pelo advento da revolução; no entanto,
asseguro-te que os anarquistas desejam ardentemente
como tu que uma ordem socialista se estabeleça.

MARX

Tal desejo é supérfluo, pois fora do Estado não haverá
ordem. A revolução de vocês só nos trará massacres e
ruínas, nada além disso.

BAKUNIN

E tua espécie de revolução, Marx, nos deixará algo de
bem pior: a escravidão.

MARX

Pois bem, meu amigo, penso que é bom que ambos
sejamos perseguidos pela burguesia; de outro modo, pro-
longando essa discussão, poderíamos, eu e tu, cessar de
sermos socialistas.

BAKUNIN

Vou buscar um pouco de água quente. O chá esfriou.

COLEÇÃO DE BOLSO HEDRA

1. *Iracema*, Alencar
2. *Don Juan*, Molière
3. *Contos indianos*, Mallarmé
4. *Auto da barca do Inferno*, Gil Vicente
5. *Poemas completos de Alberto Caeiro*, Pessoa
6. *Triunfos*, Petrarca
7. *A cidade e as serras*, Eça
8. *O retrato de Dorian Gray*, Wilde
9. *A história trágica do Doutor Fausto*, Marlowe
10. *Os sofrimentos do jovem Werther*, Goethe
11. *Dos novos sistemas na arte*, Maliévitch
12. *Mensagem*, Pessoa
13. *Metamorfoses*, Ovidio
14. *Micromegas e outros contos*, Voltaire
15. *O sobrinho de Rameau*, Diderot
16. *Carta sobre a tolerância*, Locke
17. *Discursos ímpios*, Sade
18. *O príncipe*, Maquiavel
19. *Dao De Jing*, Laozi
20. *O fim do ciúme e outros contos*, Proust
21. *Pequenos poemas em prosa*, Baudelaire
22. *Fé e saber*, Hegel
23. *Joana d'Arc*, Michelet
24. *Livro dos mandamentos: 248 preceitos positivos*, Maimônides
25. *O indivíduo, a sociedade e o Estado, e outros ensaios*, Emma Goldman
26. *Eu acuso!*, Zola | *O processo do capitão Dreyfus*, Rui Barbosa
27. *Apologia de Galileu*, Campanella
28. *Sobre verdade e mentira*, Nietzsche
29. *O princípio anarquista e outros ensaios*, Kropotkin
30. *Os sovietes traídos pelos bolcheviques*, Rocker
31. *Poemas*, Byron
32. *Sonetos*, Shakespeare
33. *A vida é sonho*, Calderón
34. *Escritos revolucionários*, Malatesta
35. *Sagas*, Strindberg
36. *O mundo ou tratado da luz*, Descartes
37. *O Ateneu*, Raul Pompeia
38. *Fábula de Polifemo e Galateia e outros poemas*, Góngora
39. *A vênus das peles*, Sacher-Masoch
40. *Escritos sobre arte*, Baudelaire
41. *Cântico dos cânticos*, [Salomão]
42. *Americanismo e fordismo*, Gramsci
43. *O princípio do Estado e outros ensaios*, Bakunin
44. *O gato preto e outros contos*, Poe
45. *História da província Santa Cruz*, Gandavo
46. *Balada dos enforcados e outros poemas*, Villon
47. *Sátiras, fábulas, aforismos e profecias*, Da Vinci
48. *O cego e outros contos*, D.H. Lawrence

49. *Rashômon e outros contos*, Akutagawa
50. *História da anarquia (vol. 1)*, Max Nettlau
51. *Imitação de Cristo*, Tomás de Kempis
52. *O casamento do Céu e do Inferno*, Blake
53. *Cartas a favor da escravidão*, Alencar
54. *Utopia Brasil*, Darcy Ribeiro
55. *Flossie, a Vênus de quinze anos*, [Swinburne]
56. *Teleny, ou o reverso da medalha*, [Wilde et al.]
57. *A filosofia na era trágica dos gregos*, Nietzsche
58. *No coração das trevas*, Conrad
59. *Viagem sentimental*, Sterne
60. *Arcana Cœlestia e Apocalipsis revelata*, Swedenborg
61. *Saga dos Volsungos*, Anônimo do séc. XIII
62. *Um anarquista e outros contos*, Conrad
63. *A monadologia e outros textos*, Leibniz
64. *Cultura estética e liberdade*, Schiller
65. *A pele do lobo e outras peças*, Artur Azevedo
66. *Poesia basca: das origens à Guerra Civil*
67. *Poesia catalã: das origens à Guerra Civil*
68. *Poesia espanhola: das origens à Guerra Civil*
69. *Poesia galega: das origens à Guerra Civil*
70. *O chamado de Cthulhu e outros contos*, H.P. Lovecraft
71. *O pequeno Zacarias, chamado Cinábrio*, E.T.A. Hoffmann
72. *Tratados da terra e gente do Brasil*, Fernão Cardim
73. *Entre camponeses*, Malatesta
74. *O Rabi de Bacherach*, Heine
75. *Bom Crioulo*, Adolfo Caminha
76. *Um gato indiscreto e outros contos*, Saki
77. *Viagem em volta do meu quarto*, Xavier de Maistre
78. *Hawthorne e seus musgos*, Melville
79. *A metamorfose*, Kafka
80. *Ode ao Vento Oeste e outros poemas*, Shelley
81. *Oração aos moços*, Rui Barbosa
82. *Feitiço de amor e outros contos*, Ludwig Tieck
83. *O corno de si próprio e outros contos*, Sade
84. *Investigação sobre o entendimento humano*, Hume
85. *Sobre os sonhos e outros diálogos*, Borges | Osvaldo Ferrari
86. *Sobre a filosofia e outros diálogos*, Borges | Osvaldo Ferrari
87. *Sobre a amizade e outros diálogos*, Borges | Osvaldo Ferrari
88. *A voz dos botequins e outros poemas*, Verlaine
89. *Gente de Hemsö*, Strindberg
90. *Senhorita Júlia e outras peças*, Strindberg
91. *Correspondência*, Goethe | Schiller
92. *Índice das coisas mais notáveis*, Vieira
93. *Tratado descritivo do Brasil em 1587*, Gabriel Soares de Sousa
94. *Poemas da cabana montanhesa*, Saigyō
95. *Autobiografia de uma pulga*, [Stanislas de Rhodes]
96. *A volta do parafuso*, Henry James
97. *Ode sobre a melancolia e outros poemas*, Keats
98. *Teatro de êxtase*, Pessoa
99. *Carmilla — A vampira de Karnstein*, Sheridan Le Fanu

100. *Pensamento político de Maquiavel*, Fichte
101. *Inferno*, Strindberg
102. *Contos clássicos de vampiro*, Byron, Stoker e outros
103. *O primeiro Hamlet*, Shakespeare
104. *Noites egípcias e outros contos*, Púchkin
105. *A carteira de meu tio*, Macedo
106. *O desertor*, Silva Alvarenga
107. *Jerusalém*, Blake
108. *As bacantes*, Eurípides
109. *Emília Galotti*, Lessing
110. *Contos húngaros*, Kosztolányi, Karinthy, Csáth e Krúdy
111. *A sombra de Innsmouth*, H.P. Lovecraft
112. *Viagem aos Estados Unidos*, Tocqueville
113. *Émile e Sophie ou os solitários*, Rousseau
114. *Manifesto comunista*, Marx e Engels
115. *A fábrica de robôs*, Karel Tchápek
116. *Sobre a filosofia e seu método — Parerga e paralipomena (v. II, t. I)*, Schopenhauer
117. *O novo Epicuro: as delícias do sexo*, Edward Sellon
118. *Revolução e liberdade: cartas de 1845 a 1875*, Bakunin
119. *Sobre a liberdade*, Mill
120. *A velha Izerguil e outros contos*, Górki
121. *Pequeno-burgueses*, Górki
122. *Um sussurro nas trevas*, H.P. Lovecraft
123. *Primeiro livro dos Amores*, Ovídio
124. *Educação e sociologia*, Durkheim
125. *Elixir do pajé — poemas de humor, sátira e escatologia*, Bernardo Guimarães
126. *A nostálgica e outros contos*, Papadiamántis
127. *Lisístrata*, Aristófanes
128. *A cruzada das crianças/ Vidas imaginárias*, Marcel Schwob
129. *O livro de Monelle*, Marcel Schwob
130. *A última folha e outros contos*, O. Henry
131. *Romanceiro cigano*, Lorca
132. *Sobre o riso e a loucura*, [Hipócrates]
133. *Hino a Afrodite e outros poemas*, Safo de Lesbos
134. *Anarquia pela educação*, Élisée Reclus
135. *Ernestine ou o nascimento do amor*, Stendhal
136. *A cor que caiu do espaço*, H.P. Lovecraft
137. *Deus e o Estado*, Bakunin
138. *Diálogo imaginário entre Marx e Bakunin*, Maurice Cranston

Edição	Felipe Corrêa Pedro e Jorge Sallum
Coedição	Bruno Costa e Iuri Pereira
Capa e projeto gráfico	Júlio Dui e Renan Costa Lima
Imagem de capa	G. G. Bain, Two Trains, 1924
Programação em LaTeX	Marcelo Freitas
Revisão	Felipe Corrêa Pedro
Assistência editorial	Bruno Oliveira
Colofão	Adverte-se aos curiosos que se imprimiu esta obra em nossas oficinas em 12 de julho de 2011, em papel off-set 90 g/m², composta em tipologia Minion Pro, em GNU/Linux (Gentoo, Sabayon e Ubuntu), com os softwares livres LaTeX, DeTeX, vim, Evince, Pdftk, Aspell, svn e TRAC.